秘本 卍《まんじ》

睦月影郎
西門京
長谷一樹
鷹澤フブキ
橘真児
皆月亨介
渡辺やよい
北山悦史
藍川京

祥伝社文庫

目次

淫らな姦計《かんけい》

睦月影郎

著者・睦月影郎《むつきかげろう》

『おんな秘帖』で時代官能の牽引役になり、その後も次々と作品を発表、今読者を熱くする作家である。一九五六年神奈川県生まれ。作品に『やわはだ秘帖』『はだいろ秘図』『おしのび秘図』『寝みだれ秘図』『おんな曼陀羅』『はじらい曼陀羅』など多数。

1

「まあ、わざわざ申し訳ありませんでした」

美津子《みつこ》が玄関のドアを開け、恐縮して言った。

江藤《えとう》は会釈をし、酔いつぶれた美津子の夫、松野良行《まつのよしゆき》を背負いながら、招かれるまま中に入った。

「寝室はどちらですか。このまま寝かせてしまった方が良いでしょう」

江藤が言うと、美津子はすぐに彼を奥へと案内した。松野は、江藤の背中で大いびきをかいている。重いし酒臭いが、もうしばらくの辛抱だ。何しろ今夜は、江藤にとって最も大切な夜になるのだから。

江藤は事が計画通りに進んでいることに満足し、激しい緊張と同時に限りない興奮を覚えた。

「こちらです」

美津子は彼を寝室まで案内し、慌てて自分のネグリジェを布団の中に隠した。

寝室は八畳ほどの洋間で、ベッドが二つ並んでいる。シングルが美津子のベッドだろうから、江藤は、背負っていた松野をセミダブルの方へどさりと落とした。

すぐに美津子が彼の上着を脱がせ、ネクタイを外しにかかった。

松野は赤ら顔で、すっかり熟睡していた。

江藤も脱がせるのを手伝い、何とか松野をシャツとトランクスだけにした。

「どうも済みませんでした。江藤さんでしたわね。高校時代から存じておりました。あちらでお茶でも」

美津子が、あらためて挨拶《あいさつ》して言った。

そう、十年ぶりの再会なのだ。美津子は二学年下だったので、まだ二十六歳。当時の可憐な美貌は失われておらず、化粧気がなくても頬は瑞々《みずみず》しく、ふんわりと甘い芳香を漂わせていた。

「いいえ、お茶よりも、美津子さんに用があるのです」

江藤は言い、いきなり彼女の手を摑んで引き寄せ、シングルベッドに押し倒した。

「あっ……！　何をするんです……！」

突然のことに美津子は声を震わせ、戸惑いながら力なくもがいた。

江藤は用意していた手錠をポケットから出し、彼女の右手首にカチリとはめ、もう片方をベッドの桟に固定した。玩具の手錠だが、一応鍵がなければ開けられない。

さらに江藤は、枕元にある電話機のプラグを抜いておいた。

「さて、亭主の方も縛っておかないと。睡眠薬が切れるといけない」

江藤は言い、眠りこけている松野の両手首と足首も、それぞれ用意していたガムテープで縛り、ベッドの四脚に固定しておいた。

「す、睡眠薬ですって？　どういうこと」

美津子が、戸惑いと混乱の中で、ようやく言った。

「そう、今日の飲み会で、奴の酒に睡眠薬を入れておいたのです」

「なぜ、そんなことを……！」

美津子は、まだ恐怖よりも、多くの疑問に神経が集中しているように言った。

「復讐です。小中高校と、僕はこいつにさんざん苛《いじ》められた」

江藤は言いながら、自分も上着とズボン、シャツを脱いでトランクス一枚になった。

それを見て、美津子もようやく危険が我が身に迫っていることを知り、息を呑んで押し黙った。

「奴の呪縛《じゅばく》を逃れるように、上京して二浪したのち大学に入ってそのまま就職」

江藤は説明を続けながら、自分のバッグからＤＶＤカメラを取り出し、化粧台に置いてプラグを入れた。そして二つのベッドに向けてスイッチを入れる。ハードディスク内蔵なので、連続十時間は録画できるだろう。

「証券マンになり、この土地に支店ができたのを機に故郷へ帰ってきたら、何と奴が上司として納まっていた。奴は今も、当時のように僕をパシリに使いはじめた」

「…………」

「それで飲み会の今日、以前から考えていた計画を実行したんです」

江藤は言い、美津子に迫っていった。

「ど、どうする気です……」

美津子が後ずさりながら、声を震わせた。

「あなたには何の恨みもないが、こんな奴の嫁になったことを不運と思って諦《あきら》めてもらいます。高校時代から好きでした」

江藤は、あくまで言葉遣いは丁寧に言った。

美津子は、江藤や松野が高校三年生の頃、一年生だった。彼女は演劇部に入り、学園祭では主役を演じて、タレント事務所からもスカウトが来たほどだった。

松野は美津子に夢中になり、演劇など何の興味もないくせに出入りをし、江藤まで駆り出されて大道具の設置などにコキ使われたものだった。

江藤は、松野から金を巻き上げられ、ストレス解消に暴力をふるわれ、下男のように扱われた恨みを忘れたことはなかった。

それは、この土地を離れ、大学に入り就職してからも消えなかった。

そして今回、故郷に戻ってきたとき、何と上司となった松野と再会し、その妻が美津子と知った途端、江藤は言いようのない復讐心に燃えたのである。

江藤は、この二十八歳になるまで恋人を持ったことがなかった。性格は暗く消極的で、外見もぱっとせず冴《さ》えない男だ。風俗体験ならあるが、あまりに事務的で呆気《あっけ》なく、二度と行く気にならなかった。

とにかく江藤は復讐のため、有り余る性欲を全て美津子にぶつけようと思った。

その決行の日が、今日なのだ。

会社の懇親会があり、二次会三次会と江藤は松野に連れ回された。奴は泥酔し、睡眠薬をグラスに入れる隙はいくらでもあった。

そして、とうとう正体を失くして眠り込んだ松野を、江藤はタクシーで送り、背負って連れてきたのである。

ここは一軒家で、新婚時代に親が建ててくれたものらしい。美津子に子供はおらず、夜も更けたので訪ねてくるものも居ないだろう。

「私に何かすることが、主人への復讐になるのですか……」

「今は何も考えていない。とにかく僕は奴が憎い、そしてあなたが抱きたい。それだけです」

「抱いたら、それで良いのですか……」

「済んでみなければ分からないさ。このビデオをネタに、また関係を迫るかも知れないし、あるいは僕は臆病だから、奴の仕返しを恐れて殺してしまうかも知れない」

「そんな……」

「とにかく最優先は、あなたに触れることです。どうか、噛《か》んだり暴れたりしないでくださいね。あなたの身の安全のために、それだけはお願いします」

江藤は言い、トランクスまで脱いで全裸になってしまった。激しい緊張はあるが、生まれて初めて素人の美女、しかも憧れの女性に触れられる期待に、ペニスは雄々しく勃起していた。

そして彼は美津子に迫り、彼女の匂いの染みついたベッドに押し倒してのしかかった。

「アッ……! やめて……」

美津子は言い、しきりに顔をそむけようとしたが、江藤の期待通り、はしたなく暴れるようなことはしなかった。

彼は上から押さえつけながら、ピッタリと唇を重ねていった。ソープでもキス体験をしたが、これが本当のファーストキスの気がした。

「ンンッ……！」

美津子は眉をひそめて熱く呻《うめ》き、懸命に唇を閉ざしていた。

2

江藤は、弾力ある柔らかな唇の感触を味わい、湿り気を含んだ、何とも甘くかぐわしい吐息に酔いしれた。

「さあ、舌を出して」

僅かに口を離して囁《ささや》くと、美津子もオズオズと形良い唇を開き、赤い舌をチロリと伸ばしてきた。舞台に立って主役が張れるほど度胸があっても、やはりこうした状況は恐ろしくて堪《たま》らないのだろう。

江藤は舌を触れ合わせ、その柔らかく濡れた感触に夢中になり、かぐわしい匂いの籠もる口腔にも舌を潜《もぐ》り込ませ、隅々まで舐め回した。

思った通り嚙みつかれる心配もなく、彼は美女の甘く濡れた口の中を存分に味わった。

そして美津子の唾液と吐息を心ゆくまで堪能すると、口を離して白い首筋を舐め下りながら、ブラウスの胸を開いていった。

「ああっ……！　い、いや……」

美津子が喘《あえ》ぎ、うねうねと熟《う》れ肌を震わせた。肌はほんのり汗ばみ、どこも甘ったるい芳香を漂わせていた。

松野の帰宅を待ち、あとは寝るばかりであったのだろう。飲んで帰ることを知っているから風呂の準備はせず、彼女も今夜は入浴していないのかもしれない。

ブラウスを左右に開き、苦労してブラの背中のホックも外すと、見事な膨らみを持つ乳房が、ぶるんと弾けるように露出してきた。

高校時代からぽっちゃり型だったが、二十代半《なか》ばを過ぎ、いよいよ形良い張りを持ったバストに成長していた。

乳首も乳輪も初々しいピンクで、思わず江藤がチュッと吸い付きながら顔を埋め込むと、何とも心地よい柔らかさと弾力が伝わってきた。

「アアッ……！」

美津子はビクッと顔をのけぞらせて喘ぎ、さらに甘ったるい汗の匂いを揺らめかせた。

利き腕は、頭上に差し上げて手錠で固定されているから、江藤は彼女の左手と身体を押さえつけ、左右の乳首を交互に含んで吸った。

さらに汗ばんだ谷間を舐め、乱れたブラウスの中に潜り込み、ジットリ湿った腋の下にも鼻を埋め込んだ。

夏場のせいかよく手入れされ、舌を這わせても剃り跡のざらつきは感じられず、ミルクのように甘ったるい芳香が腋の窪みに籠もっていた。

舌を這わせると、美津子はくすぐったそうに身悶えた。

江藤はいったん身を起こして、彼女の下半身を脱がせにかかった。スカートを引き抜き、パンストを脱がせていった。

やはり彼女は恐ろしいのか、自由な両脚で暴れることもなく、むしろ両膝をきっちり閉ざしているから、ショーツも容易に脱がせることができた。

下半身が露わになると、美津子はますます動きを硬直させ、開かれるのを恐れるように両膝を掻き合わせていた。

江藤は慌てず、まずは彼女の足首を摑んで浮かせ、美人妻の足の裏に舌を這わせた。

「あう……、やめて……」

美津子は息を詰めて言ったが、江藤は舐め回し、指の間に鼻を押しつけて嗅いだ。ソープではできなかったことだ。しかもソープ嬢と違い、美津子の足指の股は汗と脂《あぶら》に湿り、ほのかな匂いを籠もらせている。その刺激が、鼻腔から激しく彼の股間に響いてきた。

江藤は爪先にしゃぶりつき、順々に指の股にヌルッと舌を割り込ませて味わった。

「アアッ……、ダメ……！」

こんな愛撫は、粗暴な松野にはされたことがないのだろう。美津子は激しくもがき、彼の口の中で、唾液に濡れた指先を縮めた。

江藤は両足とも、味も匂いも消え去るまで貪《むさぼ》ってから、いよいよ脚の内側を舐め上げていった。

爪先への刺激に、すっかり身悶えた美津子は両膝を掻き合わせる気力も失っているようだ。江藤は腹這いになりながら両膝の間に顔を割り込ませ、白くムッチリとした内腿を舐めながら顔を進めていった。

顔を近づけただけで、熟れた果肉から悩ましい匂いを含んだ熱気と湿り気が吹き付けてくるようだった。

「さあ、力を抜いて。嚙みついたりしたくないですから」

丁寧に言うと、かえって恐ろしいようで、美津子は固く目を閉じながら両膝を全開にしてくれた。

何という艶《なま》めかしい眺めだろう。黒々と艶のある茂みが、ふっくらと丸みを帯びた丘に煙り、ワレメからはピンクの花弁がはみ出していた。

江藤は指を当て、陰唇をグイッと左右に広げた。

「あぁッ……!」

触れられ、美津子がビクッと内腿を震わせながら喘いだ。

内部は、ヌメヌメと潤いを帯びたピンクの柔肉だ。息づく膣口は花弁状の細かな襞《ひだ》に覆われ、明るい寝室の中、ポツンとした小さな尿道口まで確認できた。真珠色の光沢を放つクリトリスが、包皮の下から顔を覗かせ、滑らかな内腿に挟まれた股間全体に、何とも悩ましい熱気が渦を巻いていた。

もう我慢できず、江藤は美津子の中心部にぎゅっと顔を埋め込んでいった。

「く……!」

美津子は息を詰め、その刺激に懸命に耐えようとした。

江藤は柔らかな茂みに鼻をこすりつけ、隅々に籠もった甘ったるい体臭を嗅いだ。そして舌を伸ばし、陰唇の表面から徐々に内側を舐め、クリトリスにも吸い付いた。

「アア……! お、お願い、止めて……」

美津子が哀願するように言ったが、熟れ肌が否応なく刺激に波打ち、濃厚なフェロモンの揺らめきとともに、徐々にヌメリの量が増していった。

江藤は彼女の両脚を浮かせ、白く豊かなお尻の谷間にも顔を埋め込んでいった。

キュッと閉じられた薄桃色の肛門は、野菊のように細かな襞を震わせ、鼻を押しつけると顔中に双丘の丸みが心地よく密着してきた。

谷間にはほんのりと汗の匂いが籠もっているが、特に生々しい刺激臭はなく物足りなかった。

江藤は襞を舐めて舌先を潜り込ませ、ヌルッとした直腸の粘膜まで味わった。

「あう！」

ここも、松野は愛撫しない場所なのかも知れない。どうせ奴のことだ。いじって突っ込んで動いて果てるだけの、動物に等しい行為しかしていないだろう。

江藤は充分に美女の肛門を味わい、脚を下ろして再びワレメとクリトリスを舐め上げていった。

そして身を起こし、股間を進めて先端をワレメに押し当てた。ヌメリをまつわりつかせるようにこすり、位置を定めてからゆっくりと貫いていった。

「ああーッ……！」

美津子が、身を反《そ》らせて声を上げた。覚悟していたとはいえ、やはり快感を知っている人妻の肉体は、どうしようもなく反応してしまったようだ。

ペニスは、ヌルヌルッと滑らかに根元まで呑み込まれてゆき、その摩擦快感に江藤は危うく漏らしそうになるのを必死に堪えた。

深々と押し込んでから身を重ね、江藤は熟れ肌に密着しながら感触と温もりを噛みしめた。

そして徐々に腰を前後させて突きまくり、美津子の甘い吐息を間近に感じながら、あっという間に絶頂に達してしまった。

何という締まりだろう。それに柔襞の摩擦も堪らない。江藤は美女と一体になった感激に包まれながら、熱い大量のザーメンをドクンドクンと勢いよくほとばしらせた。

「ああ……、い、いや……」

美津子の声も朦朧《もうろう》とし、苦痛とも恍惚ともつかぬ表情で喘ぎ続けた。

江藤は最後の一滴まで出し尽くして動きを止め、美津子に舌をからめながら、甘い唾液と吐息を味わって快感の余韻に浸《ひた》り込んだ。

3

「さあ、まだまだこれからです。松野も目を覚ます様子がないから、もう一回楽しませてください」

身を離した江藤は、ＤＶＤカメラを手にし、ザーメンの逆流するワレメの様子や、屈辱と刺激に喘いでいる美津子の顔などをアップで撮った。

そしてカメラを再びベッドに向けて置き、まだ愛液とザーメンに濡れているペニスを構えたまま、美津子の胸に跨《またが》った。

萎《な》える余裕もなく、美しい獲物を前にしたペニスは急激に回復し、元の大きさを取り戻していた。

江藤は巨乳の谷間にペニスを挟み、両側から荒々しく揉《も》みしだいた。そして股間を突き出し、先端を美津子の口に押しつけた。

「さあ、舐めてください。歯を当てないように」

囁きながら、張りつめた亀頭をこすりつけると、美津子も観念した表情で舌を伸ばし、ノロノロと先端を舐め回してきた。

「ああ……、何ていい気持ちだ……」

江藤は、股間をくすぐる熱い息と、清らかな舌の感触を受けながら口走った。

亀頭を口に潜り込ませ、そのまま根元まで押し込んでいくと、先端がヌルッとした喉の奥のお肉に触れた。

「ク……ウウ……！」

美津子が苦しげに呻き、涙を滲《にじ》ませながら耐えた。口腔にはタップリと温かな唾液が溢《あふ》れ、ペニスをどっぷりと浸してくれた。

江藤は腰を前後させ、まるで口とセックスするように腰を動かし、唾液にぬめった唇の摩擦を味わった。

先端が喉の奥を突くたび、美津子はウッと呻いて新たな唾液を溢れさせ、それでも懸命に歯を当てずに耐えた。

たちまち、江藤は二度目の絶頂快感に全身を貫かれた。

「アア……！」

呻きながら昇り詰め、二度目とも思えぬありったけのザーメンを勢いよく脈打たせた。

「ウ、グ……！」

喉に詰まらせ、咳き込みそうになるのを懸命に堪えながら、美津子は喉に流し込んでくれた。顔が仰向けのまま押さえつけられているので、飲むより他に方法はないのだ。

江藤は心おきなく最後の一滴まで絞り尽くし、ようやく彼女の口からペニスを引き抜いた。

彼女の口からは、唾液混じりのザーメンが溢れていた。江藤は余韻に浸ることもせず、その淫らな表情をアップで撮った。そして指で溢れた分をかき集めて口に流し込み、一滴残らず飲み込ませた。

最後まで飲み干すと、美津子はハアハア喘いでグッタリと身を投げ出した。

二回射精したが、まだまだ江藤の欲望は治まらない。

「お、お願い……、トイレに行きたいわ……」

と、美津子が言った。

「いいでしょう。それも撮らせてもらいます」

江藤は言い、寝室を出ると急いでバスルームを探して入り、プラスチックの洗面器を持って戻った。

「さあ、これにするんです」

ベッドの上に置き、再びＤＶＤカメラを構えた。

「こ、こんなところで……」

「そう。するまで終わらないから、観念して早くした方が楽になります」

江藤は言いながら、彼女の身体を引き起こし、和式のトイレスタイルで強引に洗面器を跨《また》がせた。

「で、出ません、これでは……」

美津子はガクガクと脚を震わせながら言ったが、江藤は無視して押さえ続けた。

すると彼女も尿意に負け、とうとう観念したのか、ワレメの間からチョロッと水流を漏らしてきた。

「アア……」

慌てて尿道口を引き締めようとしたが、いったん放たれた流れは止めようもなく、勢いは次第に増して、洗面器に軽やかな音を立てはじめた。

江藤は、その艶めかしい様子をアップで撮り、あるいは苦悶する美津子の表情も交えた。

相当溜っていたようで、恥ずかしい放尿は延々と続き、小泡混じりにほんのり色の付いた液体がなみなみとたたえられていった。

ようやく流れが治まると、江藤は彼女を再び横たえ、中身をこぼさぬよう洗面器を持って、注意深く床に置いた。小だけなのが残念だが、それでも彼女の羞恥は極限に達しているようだ。

江藤は、拭いてもいないのでビショビショに濡れているワレメに屈み込み、舌を這わせはじめた。

「ああッ……、ダメ、止めて……」

美津子は力なく言い、ひくひくと下腹を波打たせた。

江藤はうっすらとした味わいと匂いに酔いしれながら内部まで舐め、余りのシズクをすすった。しかし舐めているうち、たちまち新たな大量の愛液が溢れ出し、オシッコの味と匂いが消え去って、愛液特有の淡い酸味とヌラつきが増していった。

「アアッ……！」

クリトリスを舐め回すと、すっかり感じてしまったように美津子が声を上げた。

するとその時、

「ウ……、ウウ……！」

ようやく睡眠薬が切れ、身動きできない息苦しさに松野が呻きはじめた。

江藤が顔を上げて様子を窺うと、やがて松野はぱっちりと目を開いた。

天井を見て、左右をキョロキョロし、やがて隣のベッドで肌を露わにしている妻と、全裸の江藤を認めて目を丸くした。

「な、何だ……。どういうことだ、これは。おい！　江藤、何やってる……！」

松野が怒鳴ると、江藤は悠然とベッドを下り、松野に近づいた。

「今頃目を覚ましたか。すでに、お前の女房のオマ××と口を、それぞれ犯してしまったぞ」

「て、てめえ、何言ってるんだ。これをほどけ、江藤！」

「そんなに怒鳴ると喉が渇くだろう。まずはこれを飲んで落ち着け」

江藤は洗面器を手にし、松野の口に少しずつ注ぎはじめた。

「ウッ……！　な、何しやがる……！」

「安心しろ。僕のじゃなく、女房のオシッコだ。こぼしたら僕のも飲ませるぞ」

江藤は言い、噎《む》せ返る松野の鼻と口に最後まで注ぎ込んでしまった。もちろん大部分は吐き出されてしまったが、これで完全に目が覚めただろう。

「み、美津子、本当に犯されたのか。てめえ、こんなことして済むと思ってるのか！」

「今までお前がした仕打ちを思えば、こんなのは軽い方だ。ただで済まないのはそちらの方なのだが、状況が分かっていないようだな」

江藤が言うと、ようやく松野は絶句した。

確かに、これほど大それた事をしているのだ。江藤が自棄《やけ》になっていることぐらい分かるだろう。

「こ、殺す気か。俺を……」

松野が、不安と恐怖を顔に出し、恐る恐る言った。するとその時、美津子が意外なことを言いはじめたのだった。

4

「江藤さん。私と組んで、この男を殺しましょう！」

「え……？」

美津子の言葉に、江藤は思わず彼女を振り返った。松野も、彼女の言った意味が分からず、しばし呆然としていた。

「私も、いい加減に嫌になっていたの。結婚のきっかけも、強姦同然だったし、私はそのショックで女優になる夢も捨てたわ。一緒になってからも暴力をふるわれ、幸せを感じたことなんか一度もなかったわ」

美津子が涙ながらに訴えかけた。どうやら松野は、DV《ドメスティック・バイオレンス》夫だったようだ。聞いてみて、それも充分に有り得ると思うし、結婚のきっかけもレイプまがいのゴリ押しに過ぎなかったのだろう。

「この家にも、その男にも保険がかけてあるから、焼いてしまいましょう」

「美津子！　お前、なに言ってるんだ……」

松野が、顔を真っ赤にして言った。

「しかし、焼くと言ってもなあ……」

江藤も腕を組んで考えた。

「焼くのが一番いいわ。前も、その男は寝タバコで小火《ぼや》を出し、消防車が来て大騒ぎになったの。ほら、その壁」

美津子が指す方を見ると、なるほど、松野のベッドの枕元の壁紙が新しく貼り替えられ、まだ窓枠には焦げた跡が残っていた。そして性懲りもなく、枕元には灰皿とタバコ、ライターが置かれていた。

寝タバコの前科があれば、不注意の焼死で済むかも知れない。まして今夜、松野が泥酔していたことは、飲み会に出席した他の社員たちも知っている。

「そうですか。じゃ、こいつを殺すという前提でものを考えましょう。しかし縛って焼いたら証拠が残る」

「では、先に顔を押さえて窒息死させてから火をつけましょう」

「そんな簡単に殺したくない。地獄の業火で苦しめたいですね」

江藤と美津子が真剣に話し合うと、

「お前ら！　何を仲良く話してやがる！」

松野が怒鳴った。恫喝《どうかつ》しているようで、実際その声は震え、すっかり酔いも覚めて相当に不安と恐怖が広がっているようだった。

そして縛られた両手足を激しくもがかせ、ガムテープを引きちぎる勢いで暴れはじめた。

江藤は近づき、もう少しガムテープを足してしっかりと固定し直した。

「過去を悔《く》いて謝るどころか、まだ偉そうなものの言い方をするのか、この虫けらは」

江藤は言いながら、スリッパを手にして松野の顔面を何回か叩いた。

「うわ！　何しやがる。畜生！」

松野は殴られながら毒づいた。

「いいか松野、よく聞け。お前の命は夜明け前に消え去るのだ。もう二度と、女は抱けないし温泉にも浸かれない。酒、煙草もテレビも映画も、何もかもおしまいなのだ」

江藤は全裸で勝ち誇ったように言いながら、三度、ムクムクと勃起してきてしまった。

もともとは繊細で小心、同性の前でエレクトするほど無神経な人間ではないのだが、今は何しろ積年の恨みを晴らし、美人妻を征服し、躁状態の最絶頂にある。

「てめえ、ぶっ殺してやるぜ……」

松野は、まだ呪詛《じゅそ》を口にしていた。奴も相当な恐怖と不安を味わっているだろうが、虚勢を張りながらも、長年下に見てきた江藤に許しを乞うことだけは思いつかないようだった。

「死ぬのはお前だ」

江藤は言い、これ以上怒鳴られるのはうるさいので、松野の口に美津子の下着を詰め込んでガムテープで塞《ふさ》いでおいた。

「とにかく、私の手錠は外してください。乱暴にしなかったので、あなたには悪い感情は持っていません」

美津子が訴えかけた。

「あとは、私がうまくやります。江藤さんは、主人を送ってすぐ帰ったことにしてください。私は火を放って、主人が焼死したのを見届けてから逃げ出して、消防や警察にもうまく話しますから」

言われて、江藤も心が動いた。ここは、美津子に任せるのが良いだろう。仮に美津子の犯行がバレて、保険金目当てと証明されても江藤は手を汚していないのだ。美津子が話を持ちかけてきた状況も録画されているし、自分は大した罪にはならないだろう。

それに美津子は女優志望だった。消防や警察の前でも、寝タバコが原因の火災で自分だけ命からがら逃げ出した説明もできるに違いなかった。

「わかった。でも手錠を外す前に、もう一度だけしたい」

江藤は、すっかり回復したペニスを振り立てていった。

どうしても、もう一回射精したかったのだ。しかも松野が見ている前だと思うと、言いようもないほど興奮していた。

それに快感にのめり込んでいるときは、隙もできるだろう。美津子は信用できるが、それこそ演技派だから、万一の反撃ということもある。

だから彼女の手錠を外すのは、もう一回して満足し、自分も身支度を整えてからが良いと判断した。

「いいわ……、好きなようにして……」

美津子も頷き、再びベッドに仰向けになった。江藤はベッドに乗り、彼女の股間に顔を埋めていった。

「ウウッ……！」

口を塞がれながら、松野が呻いた。

江藤は柔らかな茂みに鼻を埋め込み、隅々に籠もった悩ましいフェロモンを胸いっぱいに嗅いだ。

ワレメからは新たな愛液が溢れ出し、熱を持った陰唇もすっかり興奮に色づいていた。

美津子もまた、嫌いな亭主の前で他の男に愛撫されるのが言いようのない快感になっているのだろう。

江藤が、ツンと突き立ったクリトリスを舐め上げると、

「アァッ……！　そこ、いい気持ち……」

美津子がビクッと身を反らせ、内腿でムッチリと彼の顔を締め付けながら口走った。

その、うっとりした恍惚の表情と、艶めかしい喘ぎ声と身悶え方に、松野が目だけこちらに向けて必死にもがいていた。

おそらく松野の粗暴な愛撫と挿入では、美津子もこんな声や反応を示したことがないのだろう。

そして美津子も、ことさらに喘いで、嫌いな亭主に見せつけているようだった。

実際感じているのも確かなようで、クリトリスを舐めるたびにトロトロと愛液が溢れて大洪水になっていた。

「わ、私にも舐めさせて……」

淑《しと》やかな美人妻が、身悶えながら彼のペニスをせがんできた。

江藤は彼女のワレメに顔を埋めたまま身を反転させ、激しく勃起したペニスを美津子の鼻先に突きつけていった。

「ンンッ……！」

美津子は自由になる左手で彼の腰を抱え込み、張りつめた亀頭に激しくしゃぶりついてきた。

二人は、互いの内腿を枕にしたシックスナインの体勢になり、身動きできない松野の前で、それぞれ最も敏感な部分を舐め合った。

美津子の熱い息が股間に心地よく籠もり、彼女は喉の奥までペニスを呑み込んで吸った。お行儀悪くチュパチュパと音を立て、時にはスポンと口を離して陰嚢をしゃぶり、さらに身を乗り出して江藤の肛門まで念入りに舐め回してくれた。

柔らかく滑らかな舌先が、ヌルッと肛門に入ると、彼は思わずキュッと締め付けた。

江藤は快感に身悶えながら、必死に美津子のクリトリスを吸い、自分も伸び上がって可憐な肛門を舐め回した。

美津子は充分に彼の肛門を舐め尽くしてから、再びスッポリとペニスを含んできた。

5

「アア……、なんて美味しい……、大きくて逞《たくま》しいわ……」

美津子が喘いで口走りながら、貪るように亀頭をしゃぶった。

亭主に見せつけることで、相当に興奮と快感が高まっているようだ。江藤が舐めているワレメも柔肉が迫《せ》り出すように妖しく蠢《うごめ》き、白っぽく濁った大量の蜜汁があとからあとからトロトロと湧き出し続けていた。

やがて濃厚なフェラチオに、いよいよ江藤も危うくなってきたので、身を起こしてペニスを引き抜いた。

吸い付いていた美津子の口が、チュパッと軽やかな音を立て、淫らに唾液が糸を引いた。こうした仕草や音一つ取っても、美津子の高まりの度合いが分かるようだった。

おそらく松野は、こんなに心の籠もったフェラチオなどされていないだろう。

奴の嫉妬と悔しさを思うと、江藤は本当に生きていて良かったと思うのだった。

彼はあらためて正常位になり、タップリと唾液に濡れて張りつめた亀頭をワレメに押し当て、ゆっくりと挿入していった。

「ああッ……！」

美津子が身を反らせて喘ぎ、左手だけで激しく下からしがみついてきた。

何という快感だろう。ヌルヌルッと押し込んだときの柔襞の摩擦、そして深々と密着したときの温もりと締め付け、しかも隣のベッドからは、亭主がギロギロと睨み付けながら苦悶しているのである。

身を重ねた江藤が、股間同士を押し付けて感触を味わっていると、

「突いて、奥まで……」

美津子が口走り、待ちきれないように下からズンズンと股間を突き上げてきた。

それに合わせ、江藤も腰を突き動かしはじめ、最高の摩擦快感を得た。

次第に互いの動きは激しくなり、股間をぶつけ合うように勢いがついてきた。

「ああっ……、こんなにいいの、初めて……」

美津子が口走った。

「今まで一度も、こんな気持ちにしてもらったことはないわ……」

「そうでしょう。突っ込んで動いて終わるだけのゴリラには、女性の心も身体も解りはしないのだから」

江藤も囁き、二人は松野の憤怒を快感に変えて燃え上がった。

大量に溢れる愛液が、柔肉の摩擦とともにピチャクチャと淫らに湿った音を立てて、粗相でもしたように互いの股間をビショビショにさせた。

江藤は律動しながら屈み込んで乳首を吸い、胸元や腋から立ち昇る甘ったるいフェロモンに酔いしれた。さらに伸び上がって唇を重ね、熱く湿り気ある美女のかぐわしい吐息で胸を満たした。

「ンンッ……」

舌をからませると、美津子は夢中になって鼻を鳴らしながら彼の舌に強く吸い付いてきた。

熱烈なディープキスをしながらもピストン運動を続けるうち、たちまち江藤は美人妻の甘い唾液と吐息に包まれ、心地よい摩擦の中で昇り詰めてしまった。

「く……！」

怒濤《どとう》のような快感に呻き、全身を震わせて江藤は三度目の射精をした。

大量のザーメンがドクドクと注入されると、

「アアーッ……！」

口を離して美津子も激しく声を上げた。

「い、いく……、アアッ！　ダメ、死ぬ！」

狂おしくガクンガクンと全身を波打たせ、演技でない証拠に膣内の収縮と締め付けも最高潮になっていた。しかも潮吹きをしたのか、互いの股間もシーツもビショビショになり、とうとう彼女はのけぞったまま硬直してしまった。

「う……！」

その瞬間である。江藤は股間に激しい痛みを覚えた。

「ちょ、ちょっと……」

江藤は全てのザーメンを吸い取られ、射精直後の脱力感の中で声を震わせた。とても余韻に浸るどころではない。

膣口があまりにきつく締まりすぎ、ちぎられるような痛みに襲われていたのだ。

しかし、いくら力をゆるめるように美津子を揺すっても、彼女は完全に失神してしまったようだ。

(ち、膣痙攣《けいれん》……?)

江藤は思った。

まさか、話に聞くばかりで実際には有り得ないと思っていた幻の現象が、どうやら我が身に襲いかかってきたようだ。こんなことが本当に起こるのだろうか。

しかし実際、どうにも引き抜くことができないのである。

美津子も、亭主の前であまりに激しく昇り詰め、気を失うと同時に全身の筋肉を緊張させてしまったようだった。

ぬめりに任せて引き抜こうとしても、どうにもならず、ペニスは深々と納まったまま完全に締め付けられていた。まるで膣内が真空状態になり、じっとしていても動いても、身悶えするような痛みが延々と続くばかりだった。

（ど、どうしよう……）

江藤は途方に暮れながら、目まぐるしく思考を巡らせた。

さっき、枕元にある電話のプラグは抜いてしまっていた。しかし何とか、美津子を抱えたまま移動して差し込むことはできるだろう。

だが、それでどうする。

救急車を呼んでも、何しろこの状態だ。松野は縛られているし、美津子の手錠の鍵は遠くにあるバッグの中だ。

股間が離れない状態で、手錠に固定されている美津子を抱いて移動できる距離は、実に僅かなものでしかなかった。要するに、幸か不幸か、届くのは枕元の電話だけである。

救急隊員が来れば、事件性ありとして、すぐにも通報されてしまうだろう。

松野を闇に葬ることもできず、録画したＤＶＤも警察に押収。いかに過去の恨みと言ったところで、今回の江藤の犯罪は逃れようもない。

美津子だって、ああした提案はしたものの、それは江藤を安心させるため共犯になるふりをしただけと言えばそれまでである。それこそ、彼女の迫真の演技が発揮されるに違いなかった。

松野は、暴れ疲れたようにグッタリとし、ただ血走った目でじっとこちらを睨み続けていた。
まさにその目は、「どうするんだ」と言っているようだった。

おもてなしの感想は

西門　京

著者・西門《さいもん》　京《けい》

ペンネームの由来は『水滸伝《すいこでん》』、『金瓶梅《きんぺいばい》』に出てくる色男、西門慶から取ったもの。一九九〇年十一月に『兄の婚約者』でデビュー。以来、主に家族の中の禁断の性をテーマに執筆を続け、着実にファンを増やしている。最新作は『義母・卒業旅行』。

世田谷《せたがや》の高級宝石店ミールには、上流階級の美しい有閑《ゆうかん》夫人を集めた、ソサエティという名のシステムがあった。ソサエティの特別会員たちは、サラリーマンではとても手の出ないような高価な宝石を買い求める代わりに、ミールの男性店員たちに、濃厚なセックスのサービスを受けるのである。

店員たちは、いずれもテクニックには自信のある猛者《もさ》ばかりだ。中でも君島裕一《きみしまゆういち》は、売上げ成績ばかりか、顧客の満足度という点でもトップクラスの成績を誇っていた。

ところが、この日、君島の前に座っている女性客は、いかにも居心地が悪そうな風情《ふぜい》だった。身をすくめ、ソファに浅く腰かけて、落ち着かなげにそわそわと両手の間で白いハンカチを揉《も》み合わせている。

「それでは、奥さま。どうしても、ソサエティを退会されたいとおっしゃるのですか」

「え、ええ……せっかく、入会させていただいたのに、申し訳ございません。でも、あたくし、どうしてもこれ以上、夫を裏切ることができなくて……」

君島は、茫然《ぼうぜん》として、何度も顧客情報のカルテと夫人を交互に見つめた。

彼女は、その前の月に会員になったばかりの、磯村早和子《いそむらさわこ》という人妻だった。カルテには三十二歳とある。元上司で、中堅ゼネコンの二代目社長である夫の後添えに入ったのが四年前。二人の間には子供はおらず、夫の連れ子は、すでに大学を卒業して家を出ているという、他人から見れば気楽な身分だ。

今日の夫人は、ピンクのフォーマルなスーツに小柄な身体《からだ》を包み、胸には上品な真珠のネックレスをしていた。肩までの髪はわずかに茶色がかって優雅にウェーブし、丸みを帯びた顔立ちは、育ちの良さを窺《うかが》わせて子供っぽささえ感じるほど無邪気に映る。

どちらかといえば、グラマーで肉づきのいい女性が好みの君島は、最初、その小柄で華奢《きゃしゃ》なボディに失望しかけたのだが、それは大きな間違いだった。夫人は、服を着ているところからは想像もつかないような、見事な乳房をしていたのである。仕事がら、さまざまな女性を見馴《みな》れているはずの君島も、その着痩せぶりには驚いたものだった。

乳房の感度もよかったし、膣の具合も、君島の巨大なものを柔らかく受け止めてくれた。さすがにこういったことには馴れていないらしく、よがり声をあげそうになっては、恥ずかしそうに口を抑えたりして、悦びをあらわにするのを懸命に押し殺していた。そんな純情ぶりも、新鮮に感じられたものだった。

要するに早和子夫人は、相手をする君島にとっても、非常に満足度の高い上客だったのである。

前回は初めてということもあり、あまり過激なことはせずに、二度目の逢瀬を愉しみにしていた君島だった。てっきり夫人の方もそうだと思い込んでいたのが、いきなり背負い投げを喰らわされた格好だ。

もちろん、夫の会社が倒産したとか左遷《させん》されたとかいった経済的な理由で、ミールに来られなくなった客は、これまでにもいた。ところが早和子大人の場合は、その理由が、単に夫に申し訳ないからだという。

（それはつまり、こちらのテクニックが、家庭を忘れさせるほどのものじゃなかったってことだ……）

君島としては、トップのプライドにかけても、何としてでも夫人を翻意させてやらなければならないのだった。

かと言って、強引に迫ったり泣き落としにかかるような芸のないことをするのは好みではない。それでは、落ち目のホストと同じになってしまう。

「あ、あの……退会は構わないのですわよね。確か、入会したときに、そういうふうにお聞きしたと思うのですが……」

不安そうな夫人の表情に、君島は慌《あわ》てて心中の動揺を押し殺し、ニッコリとほほ笑んだ。

「ええ、もちろんですとも。お客さまのご自由ですよ」

「よかった……。君島さんには、本当に親切にしていただいたのに、こんなに早くやめるなんて心苦しいのですけれど……」

上品な仕草で頭を下げられても、苦い気分が消えるわけではない。

(待てよ……)

夫人のカルテを見ながら、懸命に頭を巡らせていた君島は、彼女を引き止めるアイデアを思いついた。

「ただ、実はですね。私が担当させていただいている方が、ソサエティから退会されるということが最近続いておりまして……。実は奥さまで三人目なのです」

「あら……」

夫人は驚きを表しながらも、自分が初めてではないことに、どこか安堵《あんど》したような表情を見せた。

「それで……うちのマネージャーから、私のサービスがよくないのではないかと疑われているのですよ……」

「そんなことは、ありませんわ。君島さんの……サービスはとっても素敵でしたもの。それに先ほど申し上げたように、あたくしの場合の退会理由は、主人に申し訳ないと思うからであって、君島さんに不満があるわけではありませんのよ……」

「はい、ですが、やはりそれだけでは上に納得してもらえません。それでですね、今度そういった方がおられたら、ぜひともアンケートにお答えいただくように申しつけられておりまして……」

「その……アンケートに、答えるだけでよろしいんですの？……」

てっきり、強い引き止めに遭うのではないかと警戒していたのだろう。大人の全身から、見るからに緊張が解けてくる。

「ええ、その回答を参考にして、サービスのやり方を見直すようにということで。お手数ですが、ご協力いただけますでしょうか」

「それは、かまいませんとも……」

立ち上がった君島は、部屋の隅にある机の引き出しから、モバイル式のノートパソコンを取り出した。

「それでは、始めさせていただきます。担当の店員――私ですね――の、物腰についてなのですが。強引だったり、お客さまを不愉快にさせるようなことは、ありませんでしたか」

「え、ええ……。すごく礼儀正しくて、丁寧に応対していただきましたわ。何度も言いますように、君島さん個人に不満があってやめたいというのではないのですもの」

「そうですか、それをお聞きして、私も安心いたしました」

君島は、一見のんびりとあいづちを打ちながら、何も表示されていないディスプレイを前に、必死で思考を巡らせていた。何しろ、このアンケートによって、夫人に退会を翻意させなければならないのだ。

「それではですね、ちょっと言い辛《づら》いのですが……担当者のですね……キスの上手下手は、いかがですか。充分いいお気持ちになっていただけたでしょうか」

これを聞いて、さすがに夫人の顔色が変わった。恥ずかしさをこらえるように、上品な表情を俯《うつむ》けて、抗議するように言う。

「あ、あの……そんなことにも、お答えしなければなりませんの?」

「いや、どうしても嫌だということであれば、無回答ということになりますが……。その場合には、私にその項目について落ち度があったということになってしまうのでして。お答え辛いとは思いますが、どうか……」

「まあ……」

夫人が目を見開いた。

「わ、わかりましたわ。それじゃあ……答えないわけにはいきませんのね」

頬をピンクに染めた夫人は、なおもためらった後で、やっとのことで口を開いた。

「君島さんのキス……とってもソフトで上手だったと思います。といっても、あたくし、夫しか知りませんので、他の殿方と比べるわけにはいきませんのですけれど……」

そのときの感触を思い出してもしたのか、夫人は口元に手を当てた。

「光栄です。ただ、もう少し具体的に語っていただけると助かるのですが」

「具体的って言いますと？」

夫人が、悪い予感を感じたのか、こわばらせた身体を震わせる。

「つまりですね、唇に触れた強さとか、口の中に忍び込んできた舌の動きとか、できれば、唾液の味なども……」

「そ、そんな……」

あまりに無礼とも言える質問に、夫人はたまらず絶句した。だが、自分から退会するという負い目もあってか、ためらいがちに口を開く。

「き、君島さんのキスは、最初は、唇に触れるか触れないかというような感じで、とってもソフトでしたわ。そして、だんだんと接触する面積が大きくなってきて。それから、舌が口の中に入ってきましたの……」

「それは、不快には感じられなかったのですね」

「ええ、不快だなんて……。ああいうキスって初めてでしたから、ひどく驚きましたけれど。あれが、ディープキスっていうものなのね。舌を触れ合わせただけで、あんなに感じるなんて、ちっとも知りませんでしたわ」

夫人が、しっとりとしたため息をついた。

「私も、よく覚えていますよ。最初、固く眼をつぶっておられた奥さまの長い睫毛《まつげ》が、どうしようかというように、開きかけては閉じるのを繰り返したこととか……」

「嫌だわ……見ていらっしゃったの」

「ええ、奥さまの反応は、すごく初々《ういうい》しかったですから、特に記憶に残っているんです」

「だって……あたくし、夫以外の人と、キスしたのだって初めてなのよ。すごく緊張してたの。それが、舌を吸われたり歯茎を舐められたりしているうちに、だんだんぼうっとしてきて、何が何だか、わからなくなってしまったんですもの……」

夫人の口調から固さが取れて、次第にくだけたものになってくる。それを見定めながら、君島はさらに淫靡《いんび》な質問を続けた。

「では、奥さま。服をお脱がせするときについてですが。無理に脱がせたり、乱暴な真似をしたりはしなかったでしょうか」

夫人が、恥ずかしげに服の前をかき合わせるようにして、身をもじつかせる。

「乱暴だなんて、とんでもない。キスでぼうっとなって、気がついたら、ショーツ一枚の恥ずかしい姿になっていたのよ。いつ脱がされたのか、わからなかったくらいですもの」

「奥さまのショーツは、確かワインレッドの、すごく薄くて面積の少ないデザインでしたよね。いつも、ああいったセクシーな下着を？……」

「い、いいえ……。家ではいつも、白かベージュくらいだわ。だって、誰に見せるわけでもないのに……」

「じゃあこの間は、私に見せるために、わざわざ素敵な下着を選んできてくださったんですね」

夫人が、ヒクッと息を呑んだ。

「そんなのじゃありませんわ……。た、ただ、やっぱり、人に見せても恥ずかしくないようなものをと思って……。でも、あんなに恥ずかしいのを、買うつもりじゃなかったのよ」

自分の言葉に羞恥を覚えるあまり、ついに夫人は顔を両手で覆《おお》い、そのまま膝の上につっ伏してしまったのである。

君島は、これ幸いと夫人の隣に席を移した。そして、宥《なだ》めるように背中をやさしく撫《な》でさする。

「大丈夫ですか、奥さま。もう少しですから、我慢してくださいね」

「だって……ひどいわ、こんな質問ばっかり。きっと次は、もっといやらしいことを、お尋ねになるのね」

「いやらしいだなんて……。質問の内容は、最初から決まっているものですから。それに、こんなことをお聞きするのは、私の方だってとっても恥ずかしいんですよ」

「うそ、嘘ばっかり……。あたくしをいじめて、悦んでいらっしゃるんだわ……」

だだっ子のように繰り返す夫人に、身体を寄せて軽く抱きすくめるようにしてやる。ほつれ毛越しに、薄紅色に染まった耳朶《じだ》にそっと息を吹きかけると、上体が耐えられないように、ピクッと痙攣《けいれん》した。

「そうですか……。もし、どうしてもお気分が悪いようでしたら、もうここで止めてもよろしいのですが……」

「いいえ、そ、そうじゃないの。大丈夫よ、大丈夫……」

なおもしばらく、夫人はそのままにしていたが、やがて上気した顔を上げ、髪を後ろにかき上げた。

「ごめんなさい。見苦しいところをお見せして……」

今度は何を言われるのかと半ば期待するように、うっすらと潤《うる》んだ瞳が、上目遣《うわめづか》いに見つめてくる。その妖しい魅力に、さしもの君島もゾクリと背中の毛を逆立たせた。圧倒されそうになるのをこらえ、逆に、腹に力を入れて攻め込んでいく。

「それでは、次は奥さまのオッパイについてお聞かせ願いたいのですが」

夫人の肉体が、ビクンと震えた。

「ああん、いや……。オッパイだなんて……」

「おや、オッパイっていう言葉は、お嫌いですか」

「き、嫌いじゃないわ。子供だって、使う言葉ですもの。でも、君島さんが言うと、何だかひどくいやらしい感じがするのよ……」

夫人が、両手で胸を抱きすくめ、イヤイヤをするように身をよじる。だがその仕草は、そこを守ろうとするというよりも、受けた愛撫をうっとりと思い起こしているかのようだ。

「いかがでしょう。オッパイへのタッチは、強過ぎたりしませんでしたか」

「強過ぎるだなんて……とてもやさしくしていただいたわ」

夫人は、もう抗《あらが》っても無駄だと思ったのか、熱に浮かされたように雄弁になっていた。君島の質問に答えるというよりも、自分からそのときのことを、積極的に話すようになってきている。

「とっても。長い時間、揉まれてた気がするわ。それだけで、信じられないほど、気持ちがよくなってしまったの。身体の奥が痺《しび》れたようになって、そのまま、空中に浮き上がってしまうんじゃないかって思ったくらい。あんなの、初めてだった……」

その感触を思い出すように、夫人は視線をぼうっと宙にさまよわせた。

「奥さまのオッパイは、素晴らしかったですからね。私も、仕事を忘れて、夢中になってしまったんですよ」

「やだ……」

夫人が、庇《かば》うように胸を押さえた。

「そう言えば、あのとき何か言いたそうにしておられましたね。何か、ご不満があったのではないのですか」

「あ、あれは……。君島さんったら、ずるいんですもの。胸の麓《ふもと》から、じわじわと先端の方に近づいてきたでしょう。もうすぐ届くって思ってたら、またすぐに元に戻ってしまうんだもの。もう、我慢できなくて、『そこをいじって』なんて、はしたない言葉を漏らしてしまったのよ」

恨みがましく見上げる夫人のあだっぽい視線を、君島はしれっと受け流す。

「そうでしたかね、よく覚えてないなあ。それで、その続きを聞かせてもらえますか」

「それで、せっかく肝心のところにさわってくださったと思ったら、また最初のうちは、指先で触れるか触れないかで。もっと強くって思っているうちに、だんだん……」

「よくなってきたんですね？……」

「え、ええ……」

すでに、夫人の頬はすっかり朱に染まり、息を荒げている。それでいて、何かに操られているかのように、淫靡な回答をやめようとはしない。

「軽く下から上にこすり上げたり、よじるようにされて……。それがとってもソフトで、身体が痺れそうになってしまいましたわ。乳首をじかにいじられたときって、いつも強過ぎてビリビリくるものなのに、ちっともそんなことがなかったんですの」

「それは光栄です」

「でも、君島さんったら、いつまでも片方しかさわってくださらないでしょう。いつの間にか、擦《こす》られてるほうだけが、みっともないくらいに大きくなっちゃって、恥ずかしいったら……」

「そうだったんですか。ちっとも存じませんでした」

「嘘ばっかり。たまらなくなったあたくしが、何度もおねだりしたのに、気づかないふりをしたくせに。それで、何回も頼んだら、今度はいきなりそこに口づけするんですもの」

「そうでしたかね」

「ええ、そうよ。右側の乳首をつままれて、左側にキスされて……。両側から、全然違う刺激が来て、変になりそうでしたわ」

「じゃあ、オッパイに関しては、充分に満足されたと思っていいわけですね」

「ええ。だって……胸だけでいっちゃうんじゃないかって思ったくらいだったのよ……」

今や夫人は、ハアハアと息を弾ませ、胸乳を小刻みに震わせながら切なげに身をよじっていた。瞳には、潤みの中に妖しい光が浮かんでいる。

君島は、そんな夫人の様子にも、あくまでも冷静な観察者という立場を崩さず、いかにも邪気のないといった笑みを浮かべながら、耳もとにやさしく囁《ささや》く。

「じゃあ、奥さまのお下《しも》の方というか、一番肝心な場所について、お聞かせ願えますか」

夫人が、はあ……とやるせないため息をつき、腰をもじつかせる。

「あ、あのときは、びっくりしましたわ。だって、普通は下着を全部脱がせてから、そこにさわるものでしょう。それが、ショーツの上から撫でられたものだから」

「それが、お気に召さなかったのでしょうか？」

「い、いいえ、そうじゃないのよ……」

夫人は、とんでもないというように、慌てて首を振った。

「じかにさわられるよりも、すごく気持ちよかったの。最初はソフト過ぎるくらいだと思ってたら、軽いタッチが続くうちに、奥の方から少しずつ疼《うず》いてきて……。気がついたら、中から染み出してくるもので、下着までグッショリ濡れてたんですもの。自分の肉体がいやらしく感じてるのを、嫌でも思い知らされてるみたいで、ひどく恥ずかしかったわ」

「よくなってきたんですね。それで？……」

「だんだんたまらなくなって、じかに擦ってほしくなってきたの。でも君島さんったら、いつまでたってもショーツの上から回りをさするばっかりでしょう。あたくし、いつの間にかはしたなく大股開きになって、お股を君島さんに押しつけるようにしてたんだわ……」

「そうでしたね。腰を持ち上げて、これ以上ないっていうほど、股が開いてましたね」

「そうよ。そんなにしたのに、君島さんったら相変わらず意地悪して、どうしても中のほうまでさわってくれようとしなかったじゃない。本当にひどい方……」

「あのときは、たまらなく色っぽい眺めに見とれてたんですよ。グッショリ濡れたショーツが、紐みたいになって奥さまの溝の中に嵌《は》まり込んでましてね。脇からお毛々もはみ出して、それが、ワインレッドのショーツと絶妙のコントラストをかもし出していたんですねえ……」

「ああ、そんないやらしいところを見られてたなんて……」

夫人は、いつしか前屈みになって、手を太腿の間に挟み込んでいた。

「焦《じ》れて焦れて……もう、このままじゃおかしくなってしまうっていうときに、やっと指が、溝をだんだん上に辿ってくるのがわかったの。一番敏感なオサネを擦られて、もうあたくし、たまらずに軽く達してしまったのよ。あんなの初めて……」

オサネなどと、年齢に似合わない古風な言い方をするものだと思いながら、君島はとぼけた。

「それはそれは。少しも気がつきませんでしたねえ……」

「もう、嘘ばっかり……。ちゃんとわかってらしたくせに」

君島をぶつような真似をしながら、夫人は夢見心地で続ける。

「知らないうちに、ショーツを脱がされて……。気がついたら、生まれたままの姿で、ベッドに横たわってたわ。君島さんがのしかかってきたときには、いよいよ夫以外の人に抱かれるんだって、覚悟を決めたの。それなのに、あなたったら、また焦らすように周囲をいじるばっかりで、肝心のところには、さわってさえくれないんですもの……」

「初めてのときは、じっくり時間をかけて、女性自身をほぐしてさしあげたほうがよろしいかと思ったんですが。お気に召しませんでしたでしょうか」

「ああん、わかってるくせに。そんなふうに焦らされたものだから、いざ指が中の方に入ってきたときには、ひどく感じて、お漏らしみたいになっちゃったんだから」

「そうでしたね。あれには、私もビックリしました。ベッドのシーツがグッショリ濡れて、クッキリと染みになっていましたから」

「いやんっ……」

夫人が、顔を手で覆うようにして、身をくねらせる。

「だって……あんなに濡れるなんて、信じられなかったわ。軽くタッチされるたびに、そのあたりが燃えるように熱くなって、トロリとしたものが後から後から湧き出してくるんですもの……」

「それじゃあ、お下の方へのマッサージも、満足がいくものだったということで」

「ええ……君島さんの指が中で動くたびに、気持ちがよくて息が止まりそうだったわ。おまけに、同時にオサネまでいじられて……。ねえ、あたくし、すごい声を出してたでしょう」

「ええ、防音壁を通って、部屋の外まで聞こえるんじゃないかと、心配になったくらいでしたよ」

「まあ、いやな方……。だって、死にそうなくらい感じちゃったのよ。それに、はしたないなんてことを考えずに声をあげるのが、あんなに気持ちいいものだなんて、知らなかったわ」

夫人が、ハアア……とため息をついた。

「では、最後にいきましょうか……。ちょっと自分でも言うのが恥ずかしいですが、何といっても、大事なポイントは、ここですからね」

「それって、つまり……」

期待を込めるように、夫人が身を乗り出してくる。

「ええ、奥さまの中に入れさせていただいた、男性自身についてのご不満があればということで……。ズバリ、どうでしたか。私のペニスは？」

そのときのことを思い出させるように、君島は下腹部を指さした。すでにそれは、先ほどからの際どい雰囲気の中で鋭く反応し、ズボンを大きく突き上げている。

「ああ……もう、そんなに……」

ズボン越しの眺めにも、それがむき出しになったときの威容を思い出させられるのか、夫人が呻《うめ》いた。

「り、立派でしたわ……」

「立派とは？　どのあたりですか。太いとか、固いとか」

「え、ええ……太くて固くて、逞《たくま》しくて……。初めて見たときは、とても入らないと思ったわ」

「でも、意外にすんなり入りましたでしょう。奥さまの柔軟な構造と、たっぷりした愛液のおかげですよ」

「そんな、すんなりだなんて……。身体が裂けるかと思ったくらいだわ。それが、遠慮もなく行ったり来たりするんですもの。気が遠くなりそうだったのよ」

「とてもそうは、思えませんでしたよ。だって、中へいくほどきつくなって、私のモノを締めつけてくるものだから、今にもだらしなくイッてしまいそうなほどでしたからね」

「そんな……あたくし、何もしてませんわ」

「だとすると、無意識のうちにそうなってるんですね。もしかすると奥さまは、生まれつきの名器の持ち主かもしれませんよ」

「もう、およしになって……。ああ、思い出してしまいそう」

「じゃあ、気に入っていただけたと思ってよろしいわけですね」

「気に入るだなんて……ええ、そうね、とっても素晴らしかったわ。あれが、本当のセックスなのね……」

うっとりと答えながら、夫人は、間に挟んだ手ごと太腿を擦り合わせている。

「それでは……と。これで答をすべていただいたわけで、有り難うございました。後でプリントアウトしますので、ご署名ください」

「こ、こんな答え方で、よかったんですの？……」

「ええ、これなら、私に落ち度がなかったと、マネージャーを説得することはできると思います。ただ、クンニはやらなかったんですよね。これは、ちょっとマイナスにされちゃうかなあ……」

さりげなく、夫人に聞こえるように呟く。案の定、夫人は耳をそばだてた。

「クンニって……何のことですの？」

「あ、ああ、聞こえちゃいましたか。失礼しました。何でもありませんよ」

「あら、そう言われると、かえって気になりますわ」

君島は、しょうがないというふうを装って答えた。

「そうですね……改めて説明するのも恥ずかしいんですが、つまり正確にはクンニリングスと言いまして、口腔愛撫のことですよ」

「口腔って？」

「口のことですよ。実際には、メインに舌を使いますけどね。つまり、私が指で奥さまの女性自身にしてさし上げたことを、口と舌でするわけです」

「口って……え、そ、それって！……」

一瞬考え込んだ夫人の目が、丸く見開かれた。

「そ、そんな汚い真似、君島さんは、嫌じゃありませんの？」

「汚いだなんて、とんでもない。そんなこと、思ったこともありませんよ。ベッドにつくくらい顔を下げて、大きく開いた股の間に突っ込むと、蒸れたような女性だけの匂いがムンムンとしてくるでしょう。それを嗅ぐだけでも、男のモノがグンとそそり立つ上に、染み出してくる液体の味わいが、また人によっていろいろと違って、ムラムラッときてしまうんですよ」

「まあ……じゃあ、他の会員の方には、大抵そういうことをなさってるの？」

「ええ……。お好きな方は多いですよ。嫌いっていう方は、あんまりいらっしゃいませんね。最初はためらっても、二回目、三回目からはご自分からねだられる方が、ほとんどなんですよ」

「で、では、どうしてあたくしのときは？……」

「実は、いくら気持ちがいいとはいえ経験のない方も多いものですし、最初のときは、皆様緊張しておられるので、いざやろうとすると怯《おび》えてしまわれる方も多くて……。ですから、奥さまにも、次の機会には、ぜひサービスさせていただこうと思っていたのですが……」

「そ、そうだったんですの……」

動揺を隠せない夫人に、君島は追い討ちをかける。

「例えば、指の代わりに舌を奥さまの割れ目に差し入れて、その中をお舐めするわけです。やっぱり指とは柔らかさが全然違う上に、粘膜同士がじかに触れ合う感触がたまらないらしくて、燃え具合もいっそうなんです」

「わ、わかるような気がしますわ」

自分がその立場になったシーンを思い浮かべたのか、夫人はいても立ってもいられないというような身悶えを繰り返す。

「それに、オサネを唇で軽く挟んで吸い上げられたら、オシッコが漏れそうになるっておっしゃる方もいますよ。その状態で、オサネを舌先でチョロチョロと弾いてあげたら、それはもう、身体が裏返るくらい気持ちいいのだとか……。このあたり、男には絶対わからない感覚なんで、羨《うらや》ましいですねえ」

「ああ……そ、そんな」

夫人は、ハアハアと息を荒げ、今にもソファからくずおれそうになっている。君島は、その真っ赤になった耳朶に柔らかく息を吹きかけながら、ここぞとばかりに囁いた。

「ところで奥さま……。先ほども申し上げましたように、このサービスはとってもお客さま方の満足度が高いものですから、やっていないとなると、マネージャーに責任を追及されてしまいかねないんですよ。それで、ご迷惑とは思いますが、形だけでも。それがどんなものか披露させていただけないでしょうか。そうしていただけると、アンケートが埋まって、私もとやかく言われずにすむのですが……」

「え……い、今ですの。だ、だって、あたくし、今日でもうソサエティを退会するわけですから、本当ならそんなことをしてはいけないんじゃ……」

「だからこそ、前回やったことにしておくんですよ。それに私としても、最後にこれがどんなものか、奥さまにぜひとも知っておいていただきたいんです」

さすがに夫人は迷った様子を見せたものの、結局はうなずいた。君島の目論見《もくろみ》通り、先ほどからの言葉の刺激に、すっかり興奮させられているのだろう。

「そ、そうね……。元はと言えば、こちらの勝手で、ご迷惑をおかけしているわけだし、そうしたほうが君島さんのためにもなるのなら……」

「ああ、有り難うございます。助かります」

君島は、自分でもわざとらしいと思うほど大げさに頭を下げた。あくまでも、夫人が彼の無理な頼みを仕方なく聞き入れるのだという立場を与えてやることで、ためらいをすっかり薄めさせるのだ。

「いいんですのよ……。それで、私、どうすれば？……」

「ああ、そのまま、そこに座っていていただいて結構ですよ」

さすがに緊張を隠せない夫人に考える暇を与えず、君島は素早くその前にひざまずいた。丁寧に、白のハイヒールを脱がせてやると、夫人がくすぐったそうにする。

「お皺《しわ》になるといけませんので、スカートは脱いでいただいたほうがいいと思いますが……お脱がせしてよろしいですか」

「え、ええ、いいわ……」

わずかに不安の混じった様子の夫人に、何も心配はいらないのだというように笑いかけながら、君島は手早くスカートを取り去った。ダークブラウンのパンストを、手早くクルクルと巻いて下ろし、腰からおとなしめのベージュのショーツを取り去る。あっという間に夫人の下半身は、むき出しにされてしまったのである。

「や、やだわ、こんな格好。全部服を脱ぐよりも、もっと恥ずかしい」

確かに、フォーマルな上着を身に着けた上半身に対して、何一つ身に着けずに陰毛を見せつけた下半身が、何とも倒錯的だ。

「色っぽくて、素敵ですよ、奥さま」

再びひざまずいた君島は、夫人の太腿に手を宛《あ》てがい、大きく割り開いたのである。

「ああっ……、こ、こんな格好……」

慌てて閉じようとする夫人を、咎《とが》めるようにする。

「おわかりだと思いますが、顔をそこに入り込ませるためには、指のときよりも、もっと脚を広げていただかなければなりませんので」

「いや……は、恥ずかしいっ……」

泣き出さんばかりの夫人の両脚を、君島はさらに割り広げた。そればかりか、両膝の裏に手を当て、持ち上げた脚を胸に向かって押しつけてやったのだ。

「あーっ！……」

自然と膝が折れ曲がり、むき出しになった器官が、あからさまなまでに男の目の前にさらけ出される。

さすがの君島も、目の前の眺めには生唾を呑み込んだ。どちらかと言えば、夫人の陰毛は濃い目だ。その真ん中に、濃紅色の唇が媚びを売るように、口を開いている。内部には、なまめかしいぬめりをたたえた女だけの肉襞が、生き物のようにうごめいているではないか。

「ああ……ひ、ひどい……」

夫人が、すすり泣きにも似た声を漏らす。それでも、そこを男の目から隠そうとはしない。

「今から、舐めてみますからね……」

わざと舌を出して見せつけると、夫人が美貌を真《ま》っ赤《か》にしてうなずいた。

「わ……わかりましたわ」

卑猥《ひわい》に歪んだ媚唇を、両の親指でさらに残酷なまでに割り開く。

「アッ」という呻きとともに、期待するように、粘り気のある液体がこぼれ出し、尻の割れ目に沿ってトロリと垂れ下がった。

君島は、大きく息を吸い込んだ。先ほど夫人に告げたように、ムッとくるような蒸れた匂いが鼻腔から侵入し、男の情欲をいやがうえにも駆り立てる。

舌を秘裂に宛てがい、媚液のネットリとした味わいを愉しみながら、肉襞を抉《えぐ》るように上に向かって舐め上げる。

「あーっ……あはあーっ」

絹を裂くような夫人の悲鳴が、特別室にこだました。小柄で、一見慎ましそうな夫人の、どこから出るのかと思うような激しいよがり声だ。

「どうですか、奥さま……。指とは、また違った味わいでしょう」

「え、ええ……全然違うわっ……ずっといいのっ……だから、もっと、ねえ……」

たった一度でやめてしまうのかと、夫人が泣きそうな声をあげた。それを安心させるようにウインクしながら顔を股間に戻し、今度は尖《とが》らせた舌先を、ドリルのように熱い肉壺の中に侵入させていく。

「そ、そんな……はあーっ……いやっ、お、おかしくなっちゃうっ……」

夫人が、たまらないというように叫び、両膝の裏を自分で支えて身体に引きつけた。腰が浮き、割れ目だけでなく、その下のうす茶色の窪みまでが、あられもなく男の目にさらけ出される。

「き、君島さん、もっと深く……あーっ……す、すごいっ」

君島は、わざと舌を乱暴に動かし、あふれ出る蜜液をかき回すようにしてやった。そのクチュクチュという淫靡な響きが耳に届いたのか、夫人が悲鳴をあげて首を振りたてた。

「いやっ……いやらしいっ。そんな音たてないでっ」

「仕方ないですよ。奥さんが悦んでいるしるしが、こうして溢《あふ》れてくるんですから。いやらしいだなんて……」

「だって……音が、音が……恥ずかしいのっ」

狼狽《ろうばい》する夫人に、さらなる辱めを与えてやらなければならない。残酷な気分に駆られた君島は、唇を尖らせ、わざと大きな音を立ててその泉をすすり上げたのである。

「き、君島さんっ、何してるの。そ、そんなもの、飲まないでっ……」

「ふふっ……美味《おい》しいですよ。思った以上に味が濃くて、奥さまのエキスがたっぷり詰まっている感じだ。でも、ちょっとしょっぱいかな」

「いやあっ……」

とうとう夫人は、すすり泣きを始めてしまった。さすがにやり過ぎたかなと思った君島は、お詫《わ》びのつもりで、舌を駆使して夫人の女壺を抉りまくった。

「あうっ……は、入ってくる。舌が、柔らかくてヌメヌメしてるうっ……」

汚い場所を舐められているという恥辱感と、指では味わうこともできない粘膜同士が擦れ合う感触が、女を狂わせるのだ。

「す、すごい……。おかしくなっちゃいそうっ。ね、ねえ、君島さんっ……」

髪をふり乱し、絶頂の予感に慄《おのの》くかのように腰をガクガクと震わせ始めた夫人に、君島は首を振った。

「まだですよ。まだ、オサネを啜《すす》ってあげてませんからね。そういうのも、してさし上げるって、約束したでしょう」

「そ、そんな……ひいいいーーっ」

悲鳴とともに、夫人の上体がのけぞり、縮めていた両脚がピンと突っ張った。太腿が君島の顔を挟み込み、両脚が首の後ろでクロスして、顔を股に押しつける。

「そんなにしちゃ、窒息しちゃいますよ」

「だ、だって……はううう～っ」

唇に甘く挟んだ肉の突起を、夫人に説明した通り軽く吸い上げ、先端に軽く舌を這わせてやる。同時に、愛撫を求めるようにパックリと開いた膣の内部に長い指を差し入れ、前後に動かすと、夫人の腰がそれを迎えるように前後する。

「あー～っ……い、いいっ。いいのー～っ」

「どちらが気持ちいいですか。中を舐められるのと、オリネを啜られるのと」

「ど、どっちもいいわっ……。全然違うのよ。どっちもすごく感じるのっ……そ、それに、今度こそ……ねえっ、お願いだから続けて。やめないでっ！」

切羽詰まった夫人の哀願に、君島は抽送のスピードを上げた。同時に、舌で小突起を上下から叩き、強く吸い上げる。

「きいいいっ……。た、たまらないっ！……」

夫人の肉体がガクガクと震え、君島の身体を撥ね飛ばさんばかりに激しく悶える。

君島は、まるで獲物に喰らいついた肉食動物のように夫人の肉体を抱え込み、その急所をとことん貪《むさぼ》りまくった。

「き、君島さんっ……わ、私……。あああああーっ……い、イク、イク、イッちゃううううーっ」

獣のような悲鳴が響き、夫人の肉体が硬直した。膣が、指を折れんばかりに締めつける。そのきつい感触は、これを本物の肉棒で味わったときのことを想像して、思わず顔を緩めてしまうほどだ。

夫人が達した後も、君島はその激しい絶頂を宥めるように、割れ目をやさしく舐めさすってやった。嬉しそうな呻きとともに、媚肉が小刻みにヒクヒクと痙攣する。

「ああ、こんな……。何てことでしょう……」

やがて聞こえてきた夫人の弱々しい声に、君島は媚液でベットリと濡れた唇を手の甲で拭きながら顔を上げた。

「大丈夫ですか、奥さま。かなり興奮してらしたようですが……」

「興奮だなんて……あれは、そんなものじゃなかったわ。何て言ったらいいのか……すごかった。あのまま死んじゃうかもしれないって……それでもいいって思ったくらいよ」

夢からまだ醒めやらぬといった風情で、荒い呼吸が止まらない。だが、その甘い気分を打ち消すように、君島は立ち上がり、わざとそっけない口調でこう言ったのである。

「私としても、最後の最後に、素晴らしい気分を味わっていただいて嬉しい限りです。よろしかったら、今後も、下のお店に宝石のご購入においでくださいませ」

「ヒッ！　ま、待って……」

思いがけない別れの言葉を告げられ、夫人が、緊迫した悲鳴を上げた。何を今さらというように冷静な視線で見降ろす君島から、目をそらして弱々しく呟く。

「わ、わたくし……そうよね、もうこれで最後なのよね。でも、それってつまり……もう、今日みたいなことは、してもらえなくなってしまうということでしょう」

「その通りです。これは、特別会員の方だけのための、特別なサービスですから」

「そ、そうよね、わかってるわ。でも、わたくし……そ、その、あんなに感じたの、本当に初めてだったの。だからまた……だけど……ああ、どうしたらいいのっ」

パニックに陥りそうな夫人の様子に、君島は、ここぞとばかりに助け舟を出すことにした。

「奥さま。もしかして、退会についてのお考えが、変わったということなのでしょうか」

「え、ええ、そうよ。その通りなの。何てふしだらで恥知らずな女だって思われるかもしれないけど……。でも、やめたくないの。また、あんな、深い女の悦びを味わいたいのよ」

「それでしたら大丈夫ですよ。今後も、心をこめて、あれ以上のスペシャルなサービスを尽くさせていただきますから」

夫人が、理解できないというように、ポカンと口を開いた。

「だ、だって、一度退会してしまったら、金輪際再入会できないんでしょう」

「ええ、ですから、今日は、いつものサービスを受けにいらっしゃったということにして、退会の申し込みなど、なかったことにしてしまいましょう」

夫人の顔が、パアッと輝いた。それでも、まだパニックが収まりきらないようで、思い出したように質問を浴びせかける。

「で、でも、そうだわ、アンケートはどうなるの？　やめるつもりだからって、恥ずかしいことをいっぱい口走ってしまって。あれが、マネージャーさんに提出されたりしたら……」

そのアンケートなるものこそ、夫人を翻意させるための罠だと気づかない人の好さに、思わずほほ笑んでしまう。

「アンケートは、こちらで消しておきますから、大丈夫ですよ。何より、退会されないのであれば、マネージャーに報告する必要もないことですし」

「そ、それなら……わたくし、やめなくてもいいってことなの」

夫人は、まだ信じられないというように、茫然としている。それでも、君島がすぐ横に座って身体を抱くと、恋人同士のように体重を預け、唇を重ねてきた。

「ああ……君島さん。わたくし……我侭《わがまま》でごめんなさい。どうしてもやめるって、君島さんを困らせてしまって……」

「もっと、我侭になってくださってもいいんですよ。さあ、もっといっぱい感じさせてあげましょうね」

君島が、上着に手をかけると、夫人が嬉しそうに身をくねらせてそれを助ける。瞬く間に、夫人は生まれたままの姿に剥かれていた。

「ああん……あんんっ」

やがて部屋の中に、早和子夫人のしっとりとした喘ぎ声が響き始めた。それが、快感を訴える激しいよがり声になるのに、さほど時間はかからなかった。

純情な淫謀《いんぼう》

長谷一樹

著者・長谷一樹《はせかずき》

会社員生活の傍ら、濃密な官能小説の執筆を続ける。ストーリー展開の妙、陰影に富む性描写には熱いファンが多く、官能小説雑誌を中心に活躍する。一九五一年、北海道生まれ。高崎経済大学中退。『秘本X』『秘戯うずき』『秘本Y』などのアンソロジーに参加。

1

東北の片田舎《かたいなか》で生まれ育った松尾将平《まつおしようへい》にとって星野麻奈美《ほしのまなみ》は眩《まぶ》しいほど垢抜《あかぬ》けた美少女だった。東大生の将平は家庭教師のアルバイトをしながら大学に通う純朴《じゆんぼく》な十九歳。将平が家庭教師をしている麻奈美は十六歳の高校一年生だ。

愛らしい美貌《びぼう》とは裏腹に麻奈美はイタズラ好きでよく笑う。腹を抱えてキャッキャと笑う。均整《きんせい》が取れてスラリと伸びた肢体は実に魅力的だが、そんなことにはお構いなしに笑い転げる一人っ子特有の天真爛漫《てんしんらんまん》さが麻奈美のもうひとつの魅力でもあった。

「ねぇ、将平君。将平君てエッチしたことある？」

「はぁ？」

いきなり聞かれて将平はうろたえた。まさか十六歳の少女からそんな質問をされるとは思ってもいなかったのだ。二人が相対しているのは麻奈美の勉強部屋。家庭教師として麻奈美の家を訪ねた週末の夜だった。

「な、なんです⁉　いきなり……」

将平は口籠《くちご》もった。あえて答えるとすればＮＯだった。「エッチ」どころか将平は生まれてこのかた女性とまともに口をきいたことすらない。自慰も夢精もすでに体験済みだったが、生身の女性を相手にすることなど将平にとっては夢のまた夢だったのだ。

ちなみに麻奈美は将平のことをいつも「将平君」と呼ぶ。母親からは「先生と呼びなさい！」とよく叱られるらしいが、そんな説教はどこ吹く風。相変わらず「将平君」と呼ぶところがいかにも麻奈美らしかった。

「ねぇねぇ、どうなの？　経験あり？　それとも将平君て十九歳にもなって未だに童貞？ねぇ、どうなのよぉ？」

「い、いや……その……なんというか……」

都会っ子の率直《そっちょく》さに将平はタジタジだった。「童貞」と答えれば馬鹿にされそうだし、「経験あり」と答えればさらに突っ込まれるのは目に見えている。結果、逃げの手を打たざるを得なかった。

「東大を目指してる麻奈美ちゃんがそんなことに興味持ってどうする。世間じゃ援助交際とやらに夢中になってる女子高生もいるみたいだけど、今の麻奈美ちゃんはそれどころじゃないはずだ。さ、勉強勉強」

「あれー？　将平君、あたしの質問にちゃんと答えてなーい。ずるーい。あ、分かった！ほんとは童貞なんでしょ。だから恥ずかしくて答えられないいんだ」

麻奈美がケラケラ笑う。将平はさすがにムッとした。相手は三歳も年下の女子高生。馬鹿にされてたまるか！　将平の反骨心《はんこつ》がメラメラと燃え上がった。

「おいおい、大人をからかうのもいい加減にしろよ。麻奈美ちゃんはまだ毛もロクに生えてない子供だろ？　エッチがどうのこうの言うのは十年早いよ」

将平なりに決めゼリフのつもりだった。だが、麻奈美はさらにその上をいっていた。

「あーら、毛なんかとっくに生えてますぅ。なんなら見せてあげてもいいけど」

麻奈美がジーンズのファスナーに手を掛ける。今にもジーンズを脱ぎ下ろしそうな気配。将平はうろたえた。

「え⁉　い、いや……そういうつもりで言ったんじゃなくて……」

冷や汗が背筋に伝ったが懸命《けんめい》に平静を装った。

「馬鹿だな。さっきのは大人ならではのジョークなんだよ。本気にするなんて、やっぱり麻奈美ちゃんはまだまだ子供だな」

「そうね。あたしってまだまだ子供よね」

それまでの張り切りぶりが嘘だったように麻奈美が肩を落としてうなだれる。将平は少なからず後悔した。

将平の所属している家庭教師センターのモットーは一にも二にも「おだてて伸ばせ」。

勉強に限らず日常生活でも「誉《ほ》める。おだてる」が能力を引き出す最大のポイントだと耳にタコができるほど聞かされていたからだ。

麻奈美は家庭教師の助けを必要としないほど優秀な子である。名門の私立女子校に通っているが成績は全校で常にベスト3に入っているらしい。そんな娘に家庭教師をつけたのはさらに上を目指してほしいという両親の願いがあったからなのだろう。

なのにだ。将平の取った行動はマニュアルを無視して麻奈美の伸びる芽《め》を摘《つ》み取ってしまったことになる。それに気づいた将平は懸命に言い訳を口にした。

「麻奈美ちゃんの疑問はかなりいい所を突いてるよ。そんなふうに色んなことに興味を持つことは大事なことだ。興味を持つことが全てのスタートラインだからね」

「ほんと？　ほんとに？」

麻奈美が瞳を輝かせる。将平が深々とうなずく。だが、次の瞬間、将平は信じられない出来事に遭遇した。「嬉しい！」と叫んで麻奈美が将平にしがみつき、なんと唇を重ねてきたのだ。

「う……ぐ……な、なに!?」

何がなんだか分からなくて将平はもがいた。前歯を押し分けて麻奈美の舌が将平の口中に差し込まれる。あわてて椅子から転げ落ちた将平が仰臥《ぎょうが》する。上に麻奈美がかぶさってくる。唇をきつく吸われ、舌が再び将平の口中に差し込まれた。

「むぐ！　な、なに⁉」

将平がもがく。だが、衣服を通して伝わってくる若鮎《わかあゆ》のような肉感と温もりは捨てがたかった。思わず麻奈美の背中に腕を回して抱き寄せる。だが、その時だった。

「え⁉」

麻奈美のものとは明らかに違う女性の声が上から降ってきた。麻奈美の母親、星野優子《ゆうこ》の声だった。あわてて将平が麻奈美を押し退《の》ける。トレーに二人分のコーヒーとシュークリームを載《の》せた優子夫人が青ざめてそこに立っていた。

2

「どういうことです？」

神妙《しんみよう》な顔でソファに座った将平に、対面のソファに腰を下ろした優子夫人が冷ややかに聞いてきた。リビングにいるのは夫人と将平の二人だけだった。母親の険悪な雰囲気を見て取ったのか麻奈美はさっさと家から退散《たいさん》して遊びに出掛けてしまったのだ。

「さ、詳しく説明してくださいな」

依然として冷ややかな口調だった。夫人は三十八歳。麻奈美の母親だけあってかなりの美貌の主である。だが、繰《く》り出される言葉には美貌ゆえの凄味《すごみ》があった。

「あなたがとても純朴そうな青年だったから安心してあの子の指導をお任せしたんですのよ。なのにこんなことになるなんて……。出張中の主人から電話がきたらなんと報告すればいいのかしら」

夫人の顔に無念さがにじみ出ていた。大手家電品メーカーでシステムエンジニアを務めている夫の星野正治《まさはる》氏は、現地法人への技術指導のためにカナダで半年間の海外勤務中と聞いている。そんな折りに発覚した娘と家庭教師との「不祥事」に夫人はひどく戸惑《とまど》っている様子だった。

「説明してくださいな。あの子とあなたはどこまでいってるんです?」

「いえ……どこまでと言われても、なにしろ今日初めてあんなふうになったわけでして……」

しどろもどろで将平が答える。夫人の目が一気に吊《つ》り上がった。

「嘘おっしゃい! 正直に答えていただけないならセンターの方にあたくしから直接抗議させていただきます!」

「そ、そんな……。やめてください!」

うろたえた。教え子との色恋にまつわる不祥事は家庭教師センターが最も神経を尖《とが》らせている事故のひとつである。

なにしろ相手は未成年。あの児童買春・ポルノ処罰法が施行されてからは内部指導が一段と強化され、センターが独自にマニュアル書を作成してカリキュラムを組み、アルバイト学生への徹底した指導が行なわれているほどだった。

そんな折りに通報なんかされたら身の破滅。センターで懲戒免職処分を受けるばかりか情報が他の家庭教師派遣会社にまで飛び火して、二度と家庭教師のアルバイトができなくなる可能性もある。いや、最悪の場合は東大生としての身分そのものを失う危険性だってないとは言えないのだ。

が、かといって麻奈美を悪者にするわけにはいかなかった。「仕掛けてきたのは娘さんの方で」などと言えばそれこそ火に油。大事な一人娘を悪者扱いされた夫人は烈火《れっか》のごとく怒ってセンターに通報しかねない。結果、将平は当たり障りのない答えを口にした。

「じゃあ申し上げます。あれはほんの弾《はず》みで……」

「はぁ？　弾み？」

懸命に言い訳した将平に夫人が小首を傾《かし》げた。

「はい！　弾みなんです！　麻奈美ちゃんが消しゴムを机の下に落として、それを拾おうとして二人が同時に屈《かが》んだら頭と頭がぶつかって椅子から転げ落ちて、結果的にあんな体勢になってしまったような次第でして……」

「あ、そう。そういうことだったのね。でも不思議ね。あの子とあなたの舌が絡《から》み合ってたような気がしたけど、あれも弾みだったのかしら？」

皮肉混じりの鋭《するど》い指摘だった。

「そ、そうですよね。弾みで舌までは絡みませんよね。でも、その……僕は口がデカいからちょっとした拍子に舌がすぐに出ちゃうんですよ。あの時もたまたま舌が出ちゃって。ハハ……」

冷や汗をかきながら作り笑いを浮かべたが夫人に通用するはずがなかった。夫人が再び冷ややかに言ったのだ。

「で、あの子とどこまでいってるの？　答えてちょうだい」

「え!?　い、いえ……ですから何もかも全て弾みだと……」

「嘘おっしゃい！　もうホテルには行ったんでしょ？　ふしだらなことをしたでしょ？」

「はぁ？」

夫人の剣幕《けんまく》に唖然《あぜん》として聞き返す。だが、将平のそんな反応を夫人は「白々《しらじら》しい！　何をぬけぬけと……」と解釈したらしかった。

「正直におっしゃい！　あの子にいやらしいことをしたんでしょ？　〈現役で東大に合格させてやるから俺の言うことを聞け〉とかなんとか言って、さんざんあの子を弄《もてあそ》んだんでしょ？　正直に白状なさい！」

「……」

目を吊り上げた夫人に、さすがの純朴な将平もムッとした。

「いやらしいこと？　いやらしいことってなんです？　どんなことをすればいやらしいことになるんです？」

「え!?」

夫人が唖然として目を見開く。将平はすかさず追撃した。

「教えてください。僕にはあなたのおっしゃってることがよく分かりません。説明してください。何を指していやらしいことだとおっしゃるのか」

「で、ですからつまり……男と女がするアレよ。そこまで言えば分かるでしょ？」

それまでの剣幕が失速して夫人が急にうろたえる。形勢逆転の気配を見て取った将平はすかさず切り返した。

「分かりません。なにしろ僕は田舎モンですから、そんなナゾナゾみたいなことを言われてもピンとこなくて」

「んもぅ、ですからつまり男と女のはしたない場所をいじりっこするとか……」

「男と女のはしたない場所……ってどこです？」

「ええ⁉　そこまで言わなきゃいけない？」

「はい。じゃないと納得できません」

「んもぅ、変な人を家庭教師にしちゃったわね。あたし、どうすればいいの？」

色白の夫人の顔が真っ赤だった。いくら純朴な将平でも夫人の言わんとすることはすでに理解していた。が、ムキになって追及する一方で難題を向けられると途端にうろたえる夫人に妙な愛らしさを感じたのだ。

夫人は三十八歳。一人娘の麻奈美は十六歳。文字通り親子ほども年の離れた二人だが、万事に積極的で他人をからかうことを趣味にしているような麻奈美に比べれば夫人のうろたえぶりはむしろいじらしくさえあった。

「男と女のはしたない場所ってどこなんです？　具体的におっしゃってください。もし口で言うのが嫌なら、その場所を手で示していただいても結構ですけど」

トドメとも言うべき将平の提案に、夫人の顔がひときわ赤らんだ。

3

愛らしさというのは年齢には関係ないのかもしれない……将平はそう思い始めていた。女性は若いに越したことはないが、周囲を見回すと同年代の子たちは将平を圧倒する迫力を持った女性ばかり。いや、年下の女性だって例外ではない。麻奈美がいい例で、男の前で顔を赤らめるなどというしおらしさは欠片《かけら》もないのが今時の女性なのかもしれない。

そんな中で見せた優子夫人の恥じらいぶりに将平はにわかに惹《ひ》かれていったのだ。

「さ、どこがはしたない場所なのか示してください」

命令口調で夫人に迫る。おずおずと顔を上げた夫人が許しを乞《こ》うような視線を向けてきたが将平は無視した。

「んもぅ、分かったわよ。示せばいいんでしょ？　示せば。ここよ！」

不貞腐《ふてくさ》れたようにつぶやいた夫人がタイトスカートの股間に両手の拳《こぶし》を押しつける。将平は不満げに小首を傾《かし》げた。

「はぁ？　どこです？」

「だからここだと申し上げてるでしょ！」

夫人がムキになって股間に拳を押し込む。その反動でタイトスカートの裾がずり上がり、薄手のストッキングに包まれた太腿が顔を覗かせた。そのみっしりした肉づきに刺激されて将平の股間がにわかに頭をもたげ始めた。

「あ……」

太腿が露出したのに気づいたのか、夫人があわてたようにスカートの裾《すそ》を引っ張る。そんな仕草にもそそられた。

「つまり、あなたのおっしゃるはしたない場所というのは、陰部とか性器とか呼ばれている場所のことなんですね？」

「そうよ」

開き直ったように夫人が答えたが、将平はなおも追及の手を緩《ゆる》めようとはしなかった。

「そのはしたない場所をどんなふうにすれば、いやらしいことをしたことになるんです？」

「だからここをお互いにいじりっこしたり舐《な》め合ったり……」

「それだけ？　他には？」

「だ、だから……インサートしたりとか……」

「インサート？　どこに何を？」

「え!?　そこまで詳しく話さなきゃいけない？　ねぇ、もうこの話題はやめましょ。あなたが麻奈美と何もなかったってことはよーく分かったから」

夫人の顔が真っ赤だった。だが、夫人が恥じらってうろたえればうろたえるほど将平は勢いづき、日頃とは打って変わって饒舌《じょうぜつ》になっていった。

「そうはいきませんよ。これはとても大事なことなんですから。で、あなたがおっしゃりたいことはつまり、あなたとご主人が夜な夜なやったようなことを若い僕たちがしちゃあいけないってことなんですよね？」

「はぁ？　何をおっしゃるの、いきなり……」

うろたえる夫人を見ながら将平は股間が疼《うず》くのを覚えた。夫の正治氏が海外出張に出る前、夫婦で夜な夜な繰《く》り広げたであろう営《いとな》みを想像すると、それだけで若い体が反応してしまったのだ。いつの間にかズボンの前がモッコリとテントを張っていた。

「でも事実でしょ？」

追及しながらさりげなく夫人の全身に視線を走らせた。ノースリーブのセーターから露出した白い腕が艶《なまめ》かしかった。下半身を隠しているのは膝丈ほどのタイトスカート。わずかに覗く太腿の奥に秘めやかな器官が隠されているのだと思うと無性にそそられた。

「正直におっしゃってください。ご主人と最低一回はしたはずですよ。麻奈美ちゃんが生まれたこと自体が何よりの証拠です。で、その後も継続的にご主人と……」

「馬鹿なこと聞かないで！　夫婦なんだからそういうことをするのは当たり前でしょ。だいいち、夫婦の夜の生活にまで口出しするなんて、あなたにそんな権利がおありなの？」

「いえ、権利とか義務とかそういう問題じゃなくて、大人が普通にやっていることをどうして僕たちがやっちゃいけないのかと聞いてるんです」

「え⁉　そんなこと改めて聞かれたって……」

「ははーん、分かった。きっととっても気持ちのいいことだからなんでしょうね。若いうちに気持ちのいいことを憶えてしまうと、その後の人生がつまらなくなる」

「馬鹿ね。あれは気持ちのいいことなんかじゃないわ。気持ちのいいことだなんていうのはエッチな業界の販売戦略よ。だからあなたも麻奈美とそんなことにならないようにせいぜい気をつけてちょうだい」

開き直ったように夫人が再び冷ややかな口調で言った。だが、将平はすでに気づいていた。ズボンのモッコリテントに夫人の視線がチラチラと注がれていたのだ。

夫の正治氏が海外出張に出てかれこれ四カ月。やっと折り返し点を過ぎたところで出張期間はまだ二カ月も残されている。留守を預かる夫人としては欲求不満の極致にあるのかもしれなかった。

「とにかく気をつけてちょうだい。主人が出張中なんです。くれぐれも間違いを起こさないでくださいな」

コホンとひとつ咳払《せきばら》いして夫人が諭《さと》す。

「はい、承知しております」

神妙《しんみょう》に一礼して将平が立ち上がる。だがテントを張ったズボンの前を敢《あ》えて隠そうとはしなかった。名残惜しそうな夫人の視線も見逃さなかった。

「あのぉ……最後にひとつだけお聞きしてもよろしいですか？」

「はぁ？　なんです？」

あわててテントから目を逸らして夫人が聞き返す。将平は待ってましたとばかりに言った。

「セックスは気持ちのいいことじゃないとおっしゃいましたよね？　でも、なにしろ僕は経験がないものですから実感が湧《わ》かないんです。どれほど気持ちの悪いものなのか、実地で教えていただけませんか？」

「え⁉　本気なの⁉　なによ、突然……」

夫人がうろたえる。将平は真顔で言った。

「お願いです！　正直に言います。生意気なことばかり言いましたけど、実は僕はまだ童貞なんです。でも、今どき十九歳にもなって童貞だなんて自慢できることじゃありません！　ですからぜひ！」

「んもぅ、馬鹿ね。何を言い出すのかと思ったら。だったら最初からそう言えばいいじゃない」

困惑《こんわく》したふうを見せながらも夫人の頬からは笑みがこぼれそうだった。しかも、その後の行動が素早かった。何を思ったのかリビングから出ると足早に玄関に向かったのだ。

やがてリビングに戻ってきた夫人が、ソファで待っていた将平の横に腰を下ろして言った。

「玄関に鍵を掛けてきたわ。いきなりあの子に帰ってこられたら困るでしょ？　家庭教師としてのあなたの立場もあるでしょうし。あの子は家の鍵を持ってるけど、まずはいつもチャイムを鳴らすの。鍵を掛けておけば少しは時間稼ぎになるでしょ」

聞きもしないのに、しかも将平の「立場」を引き合いに出して言い訳がましく告げた夫人に将平は苦笑した。

4

「童貞なの？　じゃあ懇切丁寧《こんせつていねい》に教えて差しあげなくちゃあね」

それが夫人の第一声だった。腕が将平の首に回される。コロンなのかリンスの残り香なのか甘く清潔な香りがふんわりと流れてきた。二人の唇が重なる。将平の口中に舌が差し込まれて互いの舌が絡み合う。ヌメヌメした舌の感触に若い男根はたちまち怒張した。

「ちょ、ちょっと待ってください。それだけでイッちゃいそうです！」

「ええ⁉　ほんとに？」

夫人の手がズボンの前に伸びてくる。テントを張った股間をスルリとなぞられた。

「あら、ほんと！　今にも暴発しそう。さすがは若さね！」

夫人の顔にパッと喜色が浮かんだが、思い直したようにすぐに付け加えた。

「偉そうなこと言っててもしょせんは童貞君ね。この程度のことでこれですもの。しょうがない子ね」

頭を撫《な》でつけられる。夫人の腕が持ち上がり、ノースリーブセーターの肩口から露出した腋の下が目の前にさらされる。ドキリとした。腋毛を処理した青白い剃《て》り跡が艶かしく目に飛び込んできたのだ。毛穴に点々と見える残り毛に夫人の陰部を連想させられた。

「あ、あのぉ……」

「え？　なに？」

「いえ……」

「なによ。男らしくないわね。はっきり言ってごらんなさい」

「はい！　じゃあ言います！　俺、あなたのアソコ、見たいです！　今まで一度も実物を見たことがないんです！」

「あーら、さっきまでの偉そうな口調とは随分違うのね。やっぱりしょせんは童貞君ね。で、あなたが見たいあたしのアソコってなに？　言ってごらんなさい」

「で、ですから……あなたの陰部というか性器というか……」

さっきは似たようなやりとりで夫人を追いつめた将平だったが、ここにきてすっかり攻守ところを変えていた。

「女のアソコって童貞君のあなたが思うほど美しくもなんともないのよ。むしろグロテスクではしたなくて吐き気がしちゃうかもよ」

もったいぶって夫人がフフッと笑う。攻勢に転じたことを誇示《こじ》するような笑みだった。

「構いません！　それでも見たいんです！」

「んもぅ、ほんとに聞き分けのない子ね。でも、見るだけよ。触わったりいじり回したりしちゃあ絶対にだめよ。いいわね？」

「は、はい！　約束します！」

嬉々《きき》として答えた。ネットの画像や動画では女性器を何度も見たが実物との対面は初めて。ソファから下りた将平は夫人の前にうずくまって成り行きを見守った。

夫人がスカートの中に手を入れてパンストを脱ぎ下ろす。スカートが腰の上まで捲《まく》られ、ソファの上に両足が載せられた。

みっしり肉づいた太腿がM字に徐々に開いていき、小さな薄布に包まれた下腹部が露出する。局部を凝視《ぎょうし》した。淫唇のボリュームを誇示するようにぷっくりと膨《ふく》らんでいた。

「あのパンティの奥にアソコが隠されてるんですね。早くパンティも脱いでください！」

息を荒らげて急《せ》かす。夫人が苦笑した。

「ほんとにせっかちね。ほら、ご覧なさい」

パンティの股ゴムが指でゆっくりと捲り返される。閉じ込められていた秘毛が薄布の脇から露出する。茂みはさほど濃くなく、ぷっくり膨らんだ薄褐色の淫唇と縦に裂けた肉ワレが秘毛の奥に透けていた。

「ワレメが透けてる。でも中身までは見えない。もっと脚を開いていただけませんか？」

「んもぅ、次から次へと注文を出すのね。これだから童貞君は困るのよね」

言葉は困惑《こんわく》したふうでも夫人はどこか楽しそうだった。

「じゃあ、このぐらい？」

M字が横長に広がる。ぴっしり閉じ合わされていた肉ワレがわずかに口を開け、よじれ合わさった褐色の肉ビラが顔を覗かせる。将平は思わず身を乗り出した。クンクンと鼻を鳴らす。蒸《む》れた恥臭がかすかに匂ってきた。若い官能を揺さぶる刺激的な臭気だった。

「きゃ！　匂いなんか嗅《か》いじゃだめ！」

太腿が反射的に閉じられた。

「だめよ。あたし、まだ入浴前なのよ」

「だって匂いを嗅がないとは約束してないです。触わったりいじり回したりしないって約束しただけです！　早く脚を開いてください。中身を見せてください！」

「あー、へ理屈だけは一人前なんだからぁ」

「スイマセン。なにしろ夢中なもんで」

「ほんとにしょうがないわね」

夫人がしぶしぶ股を開く。太腿がM字に大きく広がったところでパンティのクロッチ部（分泌物を吸収するよう綿生地で裏張りして二重になった股部分）が捲られ、露出した淫唇に指が押し当てられていた。

淫唇がはだけられて肉ワレが口を開ける。よじれ合わさっていた内側の肉ビラが淫唇に引きずられて捲れ、赤々と色づいた粘膜の谷間が粘液の糸を引いてベラーッと広がった。

余談になるが、「通常」状態の女性器では粘液が糸を引くほど潤《うる》んではいない。また「赤々と色づく」ほど充血してもいない。いわゆる「サーモンピンク」がせいぜいである。

もしこの時点で夫人が糸を引くほど潤み、赤々と色づいていたとすれば、それはすでに性的な興奮状態に陥っていることを示している。だが、悲しいかな初体験の将平はそれを裏読みするだけの力量に欠けていた。

「すごい。真っ赤ですよ。しかもおツユが糸を引いてる」

「馬鹿ね。女のそこはいつでもそうなの。やっぱり童貞君ね。何も知らないのね」

「はぁ、スイマセン」

「んもぅ、あなたって謝ることしか芸がないの？　情けなくて涙が出ちゃうわ」

「スイマセン」

「またそれ？　せっかく秘密の場所を見せてあげたんだから、いじるなりしゃぶるなり若者らしく強引に迫ってきたらどお？」

「え⁉　だってさっき絶対に触わらないと約束したばかりで……」

「馬鹿ね。世の中はそんなに杓子定規《しゃくしじょうぎ》に考えちゃだめ。思わぬアクシデントが新たな歴史を生むことだってあるじゃない」

「おっしゃる通りです。誰もが予想しなかった本能寺《ほんのうじ》の変《へん》、関ヶ原《せきがはら》での小早川秀秋《こばやかわひであき》の裏切り。結果的にはこれらが日本の歴史を大きく変える原動力になったんですから」

「そんなことどうでもいいわよ！　とにかくいじるなりしゃぶるなり好きにしてちょうだい！」

夫人の声がうわずっていた。

5

M字開脚してソファに座った夫人の前に陣取り、パンティの股裾をはだけていく。

ハッとした。あふれるほど恥液がにじんでいたのかクロッチ部が肉ワレから剝《は》がれるさい、透明の粘液がヌラーッと糸を引いたのだ。露出した半開きの肉ワレからは褐色のよじれ合わさった肉ビラが覗いていた。

「じ、じゃあ改めて見せていただきますよ」

念を押す。夫人が無言でウンウンとうなずいた。ぷっくり膨らんだ淫唇に両親指を押し当て、肉ワレを大きく割り開く。淫唇に引きずられて肉ビラも捲れ、赤く充血した濡れ谷間が目の前にさらされた。

大小の粘膜粒が複雑に入り組む膣穴のとば口は粘液が澱《よど》んでヌラヌラと濡れ光り、逆V字に広がった肉ビラの合わせ目からは赤い突起が恥じらうように顔を覗かせていた。粘膜粒のうねりに隠れて排尿口は判然としなかったが、将平の若い欲情を掻《か》き立てるには充分すぎるほどの卑猥な谷間だった。

顔を極限まで近づけて嗅ぎ回す。蒸れた恥臭がモワーンと立ち上った。日頃の夫人は清潔なコロンの香りを漂わせているだけに、日常とのギャップが将平をさらに掻き立てた。匂いに誘われて親指を肉ビラの合わせ目にくぐらせる。すでにシコリと化していた肉芽をえぐる。夫人の腰がわなないた。

「むぅ……そこ……」

「感じたんですか？」

「馬鹿ね。感じるもんですか。いきなりだったからビックリしただけ」

夫人の懸命の強がりも将平から見ればいじらしいほどだった。

「じゃあ、こんなのはどうです？」

舌を突き出し、肉芽を二度三度と舐め上げる。そのたびに夫人の腰が震え、内腿には鳥肌が立っていた。肉芽を舐め立てながら中指を膣穴にくぐらせる。熱い潤みが待っていた。掻き回す。ぬかるみがクチュクチュと音を立て、掻き出された恥液が手の平に滴《したた》った。

「いちいち聞かないで。あ、あん……あは……」

「いやらしい音だ。聞こえるでしょ？」

吐息を乱して夫人がイヤイヤと首を振る。

「ご主人が出張中だというのに悪いとは思わないんですか？」

「あなたがどうしてもとおっしゃるから応えてあげてるだけよ。あたしから進んで体を開いたわけじゃないわ」

あくまでも将平のせいにしたいらしかった。苦笑した将平が舌を膣穴のとば口に運び、澱んでいる恥液を舌先で掬《すく》い取る。掬った恥液を淫唇に塗りつけ、さらに鼠蹊《そけい》部と呼ばれる太腿の付け根にまで塗り広げていく。恥液と唾液で肌がヌラヌラと濡れ光った。

「あふん……ああ、もうだめ……」

夫人の体が横倒しになり、うずくまるようにしてソファの上で横臥《おうが》した。だが、それはそれで刺激的なポーズだった。みっしり肉づいた双丘が将平の前に突き出され、淫唇を包んでいるパンティのクロッチ部がナスを一個挟んだようにぷっくりと迫《せ》り出したのだ。

「あれぇ？　それって、もしかして挑発のポーズ？　なら、リクエストにお応えして」

ぷっくり迫り出したクロッチ部に指を押し込む。指に後押しされてパンティが肉ワレに食い込み、肉ワレそのものを思わせる縦ミゾが薄布に深々と刻《きざ》まれた。

「いやーん、食い込まさないで。下着が汚れちゃうぅ」

「どうして？　ワレメの中がグショ濡れだから？　これだけ食い込むとエッチなお汁がパンティに染みだして臭くなっちゃいますね」

「あん、意地悪言わないで。あは……ああん」

「じゃあ食い込みを直して差しあげますよ」

クロッチ部の端をつまんで食い込みを引きずり出し、余勢をかって大きくはだける。露出した双丘の谷間をこじ開けると谷底に褐色の肛穴が露出した。すぼまりの周囲の皮膚も楕円形《だえん》に色素沈着《ちんちゃく》し、将平の視線を釘付《くぎづ》けにした。

「いやん、お尻の割れ目を開いちゃいや！」

「へへ。お尻の穴が丸見えになっちゃった。へぇ、あなたみたいな綺麗《きれい》な方でもお尻の穴ってあるんですね」

新鮮な感動だった。子供じみた思い込みかもしれなかったが、将平には「美人は排泄《はいせつ》行為とは無縁」という感覚がどこかにあったのだ。幼い頃に抱いた「学校の先生はウンチもオシッコもしない」という妄信に似ていた。

「馬鹿！　あたしにだってお尻の穴ぐらいあるわよ。いやん、そんなにジロジロ見ないで。恥ずかしい！」

双丘の谷間を手で隠して夫人が抗《あらが》う。だが、そんな姿は将平を高ぶらせるだけだった。手を払って双丘の谷間をさらに大きくこじ開ける。放射状のすぼまりが横長に引きつって広がり、前の肉ワレがベラーッと口を開けて真っ赤に充血した膣穴のとば口をさらした。

肛穴と膣穴を交互に舐め立てる。夫人の腰がわなないた。

「あふ！　だめ。意地悪な青年には舐めさせてあげない。だめよ。だめだってばぁ……」

抗いながらも夫人の眉間には縦ジワが寄り、半開きになった唇からは乱れた吐息が漏《も》れて出た。

「あは……ああ……だめ……」

上ずった声でつぶやきながら夫人が将平の下半身を手元に引き寄せる。ズボンのベルトが外され、ファスナーが下げられる。ズボンとブリーフが下ろされると赤紫色に怒張した男根がブルルと弾けて露出した。

「すごい……」

夫人の口から漏れたつぶやきを将平は聞き逃さなかった。

「いかがです？　ご主人のと比べて」

「馬鹿！　残酷なこと聞かないで！　若い分だけあなたの方が上よ！」

わざわざ「若い分だけ」と前置きしたところに夫人の意地を見た気がしたが、将平も悪い気はしなかった。

膨満《ぼうまん》した亀頭部に夫人の唇が吸い付く。先端の亀裂をチュルチュルと吸われ、裏スジを舌先でくすぐられる。一方でポールを握った手のひらが前後にスライドする。夫に調教されたのか意外なほどのテクニックだった。

「む……待ってください。そんなふうにしゃぶられたら目標を達成する前にイッちゃいます」

「え？　目標……って？」

「もちろん、あなたの中に挿入することです。だめですか？」

「あなたがどうしても、とおっしゃるのなら拒否はしないわ」

またしても将平にゲタを預ける夫人の狡猾《こうかつ》さに苦笑したが、将平もすでに限界直前まで高まっていた。

「今の僕は、その〈どうしても〉状態なんですよね」

茶化すようにつぶやいて夫人の背後に回り込み、双丘の谷間をひときわ大きく掻き分ける。粘液の糸を引いて広がった膣穴に膨満した亀頭部を押し当てた。

6

結果的には将平の純朴さが功《こう》を奏《そう》した格好だった。夫の正治氏不在の折りに夫人を抱くことには負い目もあったが、すでに倫理観をうんぬんしている場合ではなくなっていた。膣穴のとば口に亀頭部を当てて腰を押し出す。潤みに誘われて強張《こわば》りがぬっぽりとめり込んだ。

「む……」

夫人の上体が浮き上がる。眉間に寄せた縦ジワが衝撃の大きさを物語っていた。亀頭を飲み込んだ膣口は引きつって真ん丸に広がり、強烈な締め付けが将平の官能を猛烈に刺激した。

「すごいわ……主人のより何倍も……」

不意に飛び出した夫人の言葉に将平は目を見張った。それまで夫人の口から聞かされてきたのはどれもこれも強がりばかりで、ホンネの吐露《とろ》とも言える言葉はそれが初めてだったのだ。

「本気でおっしゃってるんですか？　ずっと僕を馬鹿にするようなことばかり言ってたのに」

「ご免なさい。あたし、自分でも情けないほど興奮してるのよ。すごく感じてるの。恥ずかしいくらい感じてるの。だって久しぶりなんですもの。もっと突いて。奥の奥まで突いてあたしをメチャメチャにして」

屈伏《くっぷく》宣言ともいうべき夫人の言葉だった。将平が俄然《がぜん》張り切ったのは言うまでもない。

「お墨付きを得た以上は遠慮はしませんよ」

そう告げて将平は女体の奥を激しく突き上げた。

男根を飲み込んだ膣穴のとば口が引きつって噴火口のように起伏《きふく》する。亀頭部で掻き出された恥液がジュブジュブとあふれて夫人の内腿に垂れ落ちる。眉間に縦ジワを寄せて衝撃をこらえる夫人の喉元から喘《あえ》ぎが途切れがちにほとばしった。

「むぐ……う、うう……」

「イキそうです。俺、出ちゃいそうです！」

将平は思わず叫んだ。夫人をとことん追い詰めたかったが、そこは童貞の悲しさ。一足先に絶頂の予兆を感じたのだ。

「これを！」

いつの間に取り出したのか夫人の手にはスキンのパックが握られていた。玄関に鍵を掛けに行ったさい、夫婦の寝室に立ち寄って持ってきたらしい。夫人のホンネに改めて気付かされた気分だったが将平は黙って受け取った。

「ごめんね。ほんとはナマで欲しいの。でも、分かって」

切なく美貌を歪めた夫人に将平はうなずいた。膣から男根を引き抜き、震える指でスキンを装着する。装着し終えるとすかさず挿入し直した。一気に奥まで突き進んだ。

「あう！」

夫人の背が反り返る。その瞬間、将平の若い情欲が弾け、二人が同時に仰け反った。

◇

静寂《せいじゃく》が戻ったリビング。二人はまだ繋《つな》がり合ったままだった。

「ご主人がカナダで必死に頑張ってるって時に、あなたもいけない人妻だ」

優子夫人の髪を撫でつけながら将平が言った。

「貞淑なあたしを、そんな人妻に変えたのはどこのだれ？」

すねたように夫人がプッと頬を膨らませる。そんな表情も魅力的で、再び高まりを覚えた将平は夫人を振り向かせて口付けした。

「んもぅ、またいけない人妻に逆戻りさせる気？」

「そういうこと。今から二発目に突入ですよ。けど、第一発目でこれじゃあ一発目で破裂しちゃうな」

スキンをかぶせた男根を膣から抜き取り、夫人の目の前に突き出す。先端の精液溜まりにはザーメンがはち切れるほど充満していた。

「へへ。我ながらすごい量だな」

夫人にニヤリと笑ってみせて男根からスキンを抜き取り、指でつまんで夫人の頬にピタピタと打ち付けた。

「ほーら、産直超新鮮なザーメンだぞぉ」

「いやん。んもぅ、悪趣味なんだからぁ」

「へへへ。さ、二個目のコンドームを用意してもらおうかな。早くしないとエッチな穴にナマで入れちゃうぞぉ」

再び夫人の頬をスキンで叩く。夫人がくすぐったそうに肩を竦《すく》めた。だが、リビングのドアがバッと開き、娘の麻奈美が興奮した面持ちで飛び込んできたのはその時だった。

「お母さん、お父さんが一時帰国だって！　カナダでの技術指導が……」

途中まで言い掛けて麻奈美がアングリと口を開ける。目が点になっていた。麻奈美の瞳には、ザーメンたっぷりのスキンを母親の目の前にぶら下げて固まっている将平が映っているはずだった。

「技術指導が予想以上に順調で一週間のお休みがもらえたんだって。お父さんたら、あたしたちを驚かそうと思って電話もくれないんだから。さっきそこで行き合ってビックリしちゃって……」

消え入るような声で麻奈美が続けたが、その目はスキンに釘づけになっていた。

「麻奈美、どうしていつものようにチャイムを鳴らしてから家に入ってこなかったの?」

夫人の声は明らかに震えていた。

「だって、あたしもお母さんをビックリさせてやろうと思ったんだもん……」

半べそをかいて麻奈美が答える。だが、二人のやりとりに男の声が割って入った。

「どういうことだ? 優子。その男が麻奈美の家庭教師とやらか? 彼が奇妙なものをぶら下げているようだが? どうやら連絡もせずに帰国したのが間違いだったようだな」

麻奈美の背後からノソリと姿を現わしたのは、将平も何度か写真で見たことのある星野正治。優子夫人の夫であった。

銀玉パラダイス

鷹澤フブキ

著者・鷹澤《たかざわ》フブキ

ＯＬ、秘書などを経て、一九九九年『禁虐オフィス』で作家デビュー。生まれ持った性癖として、クラブにはいっさい属さない孤高の女王様であり、また熱烈な刺青愛好家で、自身の背中にも『羽衣天女』が彫られている。著書は『社長秘書』など。

（なにが「てやんでい！」だっ）

パチンコ台の液晶画面の中では、職人姿のキャラクターが悔しそうに「てやんでい！」と叫んでいる。

倉田秀夫《くらたひでお》が打っているのは、建設現場をテーマにした機種だ。画面の中では、鉢巻きを巻いたキャラクターが活躍する。またデジタルが回転すると、ベルトコンベアやクレーンなども登場し、建設現場らしさを演出していた。

その画面を睨《にら》みつけながら、秀夫は咥《くわ》えていたタバコに歯を食い込ませた。

しかし、恨《うら》みがましい感情をぶつけたところで、どうにかなるはずもない。

「いくぜいっ！」

景気よく叫ぶ主人公の声が響くと、画面の中に可愛らしいヒロインが現われた。

「お願い、当たって！」

ヒロインは両手を胸元で組む、祈りのポーズをとっている。「お祈りリーチ」と呼ばれるものだ。それほど期待率の高いリーチ目ではない。

しかし、けなげさを感じさせるヒロインの姿に、否《いや》がおうにも期待がふくらんでしまう。秀夫も祈るような気持ちで、画面を見つめた。

ゆっくりと画面が停止する。祈りもむなしく、画面の数字が揃《そろ》うことはなかった。

「おろ〜ん」

画面の中では、ヒロインが申し訳なさそうに涙を流している。

(何が「おろ〜ん」だよ。ふざけんなよなっ。くっそう、回数も当たりの回数も申し分ないはずなのに……)

忌々《いまいま》しさにハンドルを摑《つか》んだ右手に、力がこもる。キャバクラで若いホステスにビールやツマミをたかられるのならば、ヘラヘラと笑っていることもできるだろう。

だが、感情のない機器にいいようにもてあそばれていると思うと、穏やかではいられないのだ。

(ストレスを発散するつもりだったのに、逆にストレスがたまりまくりじゃないか)

秀夫はチェーン店系の飲食店に勤務している。元々飲食業界で働いていたが、五年ほど前に高校時代の先輩の誘いを受け、今の会社に転職したのだ。

この春からは研修センターのサブチーフを任され、単身赴任をしている。もっともサブチーフとは名ばかりだ。

人員の足りない店舗に、助っ人として駆り出されてばかりいる。そのために休みも不規則で、自宅に帰ることもままならないのだ。

パチンコとは長い付き合いだ。若い時には多少はハマッたこともあったが、結婚してからは足が遠のいていた。

しかし、家族と会えない寂しさもあり、再び足を運ぶようになっていた。

時間は正午を少し回ったところだ。平日ということもあってか、店内には空席が目立つ。

一度単発で当たっているとはいえ、次の当たりがこなければ玉は吸い込まれていくばかりだ。

(さっきから飲まれるばかりだな。いい加減に移動するか)

すでに玉箱の底が見え始めている。秀夫は残り少なくなった玉を見ながら、ハアーッとため息をついた。

玉箱を左隣の台に移動させてから、その前の椅子に座り直す。気合いを入れ直すように、深く息を吐き出した。

大当たりがくる場面を思い浮かべると、目の前のハンドルを右にクッとひねった。

右手に鈍《にぶ》い感覚が伝わると、再び玉が打ち出されていく。その時だ。空《あ》いたばかりの席に人が座る気配を感じた。

(へえ、こんな台に座るもの好きな奴もいるんだな)

画面を見つめていた秀大は、気配の主を確かめるように視線を右に振った。そこに座っていたのは若い女だった。

年の頃は、二十歳《はたち》を少し超えたくらいだろうか。女はデニム素材のジャケットを羽織《はお》り、ミニスカートというでたちだった。

ミニスカートの裾から伸びる素足は、膝下まであるブーツに包み込まれている。わずかにのぞく太腿からは、ムチッとした弾力感が漂っていた。

肩よりも少し長い髪は緩《ゆる》いカールを描き、明るい茶色に染められている。今どきの娘らしいその姿は、バービー人形のようだ。

女は手慣れたようすで、機械に千円札を差し入れるとハンドルを操り始めた。

(へぇ、慣れたもんだなあ……。合わせるのがずいぶんと早いじゃないか)

隣の台からは早くも賑《にぎ》やかな音が聞こえる。デジタルを回すためのチャッカーに入った証拠だ。打ち慣れていれば、ハンドルのひねり具合は簡単に合わせることができる。

しかし、初心者にはこれを合わせることが、ひと苦労なのだ。だが隣に座った女は、いともたやすくこれを合わせた。

画面が回転し始めると、ジャケットの胸ポケットからタバコをとりだし、おもむろに火を点《つ》けた。

(まあ、今どきは家庭の主婦だってハマるのが多いらしいからな。でも合わせるのと、当

てるのは違うぞ)

女が座っているのは、今しがたまで自分が座っていた台だ。それなりに因りはするが、一向に当たる気配がない。それに業《ごう》を煮やして、台を移動したばかりなのだ。

いきなり当てられては、立つ瀬がない。秀夫は少し意地の悪い感情を抱きながら、隣のようすをうかがった。しかし、女はそんなことを気にかけるようすはない。

鋭さを含んだ視線で画面を見つめながら、タバコの煙を吐き出している。年齢には似つかわしくない、堂々とした立ち居振る舞いだ。

(おっ、やっと来たか？)

目の前の液晶画面にクレーンが表示された。しかもクレーンが持ち上げる木箱にはヒビが入っている。これはかなり信頼度の高いリーチ目だ。秀夫は期待に胸を弾ませた。

画面に熱い眼差しを送る秀夫の耳に、派手な効果音が飛び込んでくる。

(まっ、まさか……？)

音は女の打っている台の方から聞こえてくる。秀夫は隣の台に視線をやった。

(嘘だろう？　全回転リーチじゃないかっ)

秀夫は目を疑った。隣の台の液晶画面には、炎に包まれる主人公の姿が映し出されていた。

プレミアムと呼ばれる信頼度の高いリーチだ。しかし、女は動じるようすもなく、淡々と打ち込んでいる。

秀夫の期待を裏切るように、彼の目の前の台は呆気《あっけ》なく回転を止めた。そして再び回転を始める。それに反して、女の台は派手な音を打ち鳴らした。

祝福の音色を響かせる台には「7」の文字が並んでいる。確変《かくへん》と呼ばれる大当たりだ。確変を引き当てると大当たり確率が約十倍高くなり、当たりやすくなる。事実上、次回の大当たりが約束された状態だ。

(冗談じゃない。さっきまで座っていたのは俺なのに……。これじゃあ……)

散々つぎ込んだ揚げ句、チャンスを逃してしまった自分と、座ってわずか数分で大当たりを引き当てた女。知らず知らずのうちに、顔が引き攣《つ》るのがわかる。

それに対して女はうっすらと頬を紅潮させながら、画面を見つめている。呼吸はかすかに乱れ、興奮しているようすが見て取れた。

秀夫は全身から力が抜けるのを覚えた。女も秀夫の視線に気づいたのだろう。ゆっくりと秀夫の方を振り返った。

わずか数十センチのところで視線が交錯する。何とも言えない気まずさに、秀夫は慌《あわ》てて自分の台へと視線を戻した。

「ゴメンなさい。別にハイエナをするつもりじゃなかったんだけど……」

女は申し訳なさそうな表情を浮かべた。

「でも……今にも爆発しそうな感じだったから。それにその台も、そろそろ来ると思うんだけれど……な」

女が済まなそうな表情を浮かべたのは、ほんの一瞬のことだった。すぐに先ほどまでの鋭さを含んだ顔つきに戻る。

「何だか悪いみたい」

女はそう言うと、ドル箱の中から銀色に光る玉を手のひらに収めた。それを秀夫の台へと投入する。二度三度と同じことを繰り返す。

「お詫びの印っていうか、ほんの気持ち。そしてこれは幸運を呼ぶおまじない」

女はそう言うと、銀玉を一粒つまんだ。パールの入ったピンク色の口紅で彩られた唇を寄せ、それにキスをする真似をしてみせる。

女はその玉を、秀大の台の中にポンと放り込んだ。

（ったく、そんなくだらないことを……）

馬鹿馬鹿しいと思いながら、液晶画面に視線を戻した秀夫は目を見開いた。画面にはベルトコンベアが映し出されていたのだ。それも高速に発展している。

（まさか……）

秀夫は食い入るように画面を見つめた。

「来るわよ、それ。あたしの勘って当たるんだから」

賑やかな音楽に紛《まぎ》れるように、女がボソリと囁《ささや》いた。その声とともに、画面がゆっくりと止まっていく。画面には「3」の文字が揃っていた。女と同じ大当たりだ。

「ねっ、言ったとおりでしょう。私のおまじないは効くのよ」

女は得意げに顎先を上げると、にんまりと笑ってみせた。店員がドル箱を抱えて飛んでくる。先ほどまでのイラついていた気分は、一気に払拭《ふっしょく》された。

少し謎めいた女の笑みにつられるように、秀夫の頬も緩む。確変に突入した台は、派手な音楽を鳴らしながら銀玉を吐き続ける。

「はあーっ、やっとひと段落かあ。なんかお腹が減っちゃった」

出玉が小休止すると、女は椅子に腰かけたまま背筋をグゥッと伸ばした。秀夫の台も小休止に入っていた。

「よかったら食事に出ないか。さっきのお礼をさせてくれないかな」

秀夫の言葉に、女は少し戸惑《とまど》ったような表情を浮かべた。しかし、すぐに人懐《ひとなつ》っこい笑顔をみせた。台に向かっている時とは違う、若い女らしい華やかさのある表情だ。

「いいよ、一人で食べてもつまんないし」

女はそう言うと、ハンドルから手を離した。店員が食事中という札を差すと、二人は連れ立って店を出る。

「何が食べたい？　まあ、食事休憩だから四十分くらいしか時間がないけれど」

「そうねぇ、お店もいいけれど、いいとこがあるんだけどな」

女は悪戯《いたずら》っぽく笑うと、駐車場の方へと向かって歩いて行った。改めて背後から女の容姿を観察する。

ヒールの高いブーツを履いているが、身長は百五十五センチくらいだろうか。

今どきの娘にしては、小柄な印象を受ける。しかし、全体的なバランスは決して悪くない。

小柄ながらもややむっちりとした肢体が、秀夫にはセクシーに思えた。

靴音を響かせていた女の足が、大型のキャンピングカーの前で止まる。

「これは？」

「あたしの車。車っていうよりは、セカンドハウスって感じかな。このコに乗って、色々なホールを回ってるのよ」

女はキャンピングカーに手をかけると、唇を自慢げに突き出してみせた。全長五メートルを超える大型車は、彼女には不釣合いだ。

(まさか……な。どうせ彼氏か、兄弟の車を借りているんだろう)

いぶかしく思う秀夫を尻目に、女は車の横側に付いているドアを開ける。

「入って。あっ、土禁《どきん》だから靴は脱いでね」

女は慣れたようすで膝下まであるブーツを脱ぐと、スリッパに履き替えた。秀夫も慌《あわ》てて靴を脱ぎ、車内に乗り込んだ。

車内は外観から想像していたよりも、はるかに広かった。小さいながらキッチンセットも揃っている。淡い木目のテーブルを挟むように、二人がけの椅子が向かい合っている。その横には三人がけのソファも備えられていた。パステルカラーのシートが行儀よく並んだ車内は、まるでワンルームのマンションを想像させた。

だが、普通の女の子の部屋とは若干違う空気が漂っている。それは車内に張られたパチンコのポスターのせいだ。ポスターだけではない。さりげなく置いてあるクッションにも、パチンコ台のキャラクターが描かれている。

「なかなかイイ感じでしょう? ねぇ、ハヤシライスでイイ?」

女は冷蔵庫を開けると、半透明の容器に入った赤茶色のソースを取り出した。レトルトの白米とともに皿に載《の》せ、レンジで加熱する。なかなかの手際《てぎわ》だ。

ソファに腰かけながら、秀夫はキッチンに立つ女のようすを眺めていた。ほどなく、よい香りを漂わせる皿が差し出された。ウーロン茶も添《そ》えてある。

「ご飯はレトルトだけど、ソースは手作りよ。ねっ、食べてみて」

女は勝気そうな瞳を輝かせながら、話しかけてくる。秀夫はスプーンを手にすると、ソースのかかったライスを口元に運んだ。

(へぇ、なかなかやるじゃないか。スパイスの使い方も効果的だな)

想像していた以上の豊かな味わいに、秀夫は思わず低い唸《うな》り声を上げた。

「しかし、キミみたいな若い子が一人でパチンコをするなんて」

「意外だって言いたいの？」

「まあね。それにずいぶんと慣れている感じだったからさ」

「そりゃあ、そうよ。子供の頃から通っていたもの」

「子供の頃から？」

こともなげに言う女の言葉に、秀夫は怪訝《けげん》そうにその顔を見つめた。

「うん、ママが得意だったの。勘と運の強い女《ひと》でね。唯一の失敗はね、パパを選んだことだって……。離婚してからは、右腕一本であたしを育ててくれたんだもの。あたしの引きが強いのは、ママ譲りなんだ。この車だって、あたしが右手一本で手に入れたんだよ」

女は右手の指先を曲げると、右側に軽くひねる仕草をした。秀夫の目に、そこにはあるはずのないハンドルが映る。

(まさかな、こんな若い子が……? たまたま調子がいいからって、軽口を叩いているだけだろう)

せっかく若い女と二人きりなのだ。盛り上がってるムードをわざわざ壊す必要もない。

秀夫は口をついて出そうになる、懐疑的な言葉を飲み込んだ。

「あたしは聖羅《せいら》っていうの。ママが高校生の頃に流行《はや》った、アニメのキャラの名前なんだって。オジサンの名前は?」

女は興味津々《しんしん》というように身を乗り出した。

「くら……。いや、秀夫って言うんだ」

苗字《みょうじ》を名乗りかけたが、途中で名前に切り替える。その方が相応《ふさわ》しいと感じたからだ。

(しかし、オジサンか。まあ、この子から見ればそうなるのか)

聖羅は悪びれるようすもなく、人懐っこく話しかけてくる。男と二人きりだというのに、警戒しているようすは感じられない。

それどころか、目の前の皿が空になると、秀夫の隣の席へと移動してきた。

「当たらなくて、イライラしていたでしょう?」

聖羅は秀夫の身体にしなだれかかり、上目遣《うわめづか》いで見上げてくる。心を見透《みす》かすような視線に、秀夫はドキリとした。

（何だよ、これじゃあ逆じゃないか……）

相手は自分よりも、はるかに年下の若い娘だ。自分の娘といってもも通るかもしれない。そんな娘を相手にドギマギしている自分に、秀夫自身が面食らっていた。

「いいよねーっ。当たるときの、くるときのアノ感覚。すっごく興奮しちゃうんだ」

聖羅は秀夫の太腿《ふともも》に手のひらを載せた。コットン素材のズボンをしゅるりと撫で回す。

（マッ、マジかよ……。いったい、何を考えてるんだよっ）

破廉恥《はれんち》な感情が下腹の辺りから込み上げてくる。秀夫は無意識のうちに、唾《つば》をゴクリと飲み込んでいた。

「当たる前のドキドキ感って、たまんなくなっちゃうの。なんて言うのかな。エッチとは違うけれど、すっごく感じちゃう。最高のエクスタシーって言うのかな」

聖羅の指先が大胆さを増していく。太腿をなぞり上げていた指先は、はしたない隆起を目指してゆっくりと這《は》い上がってくる。

「あはっ、オジサンのココ、もう……こんなになっちゃってる」

ズボンの生地《きじ》を押し上げる屹立《きつりつ》を爪の先でそっと撫で上げながら、聖羅は上ずった声を洩《も》らした。

「ずっ、ずいぶんと大胆なんだな」

「そう?」

「ああ、パチンコを打っていた時も思ったけどな……」

秀夫は声が裏返りそうになるのを覚えた。しかし、年下の娘を相手に動揺しているとは思われたくはない。懸命に冷静さを装う。

「だって……真剣勝負だもの。強気でイカなくちゃ、勝てるものも勝てなくなっちゃうでしょう」

「真剣勝負?」

「そうよ。遠隔や裏ロムで出玉を操作されたら、客は手も足も出ないもの。でもこっちだって、体感器なんかのゴトをしているわけじゃないわ。お互いにズルをしないんだったら、台やホールとの真剣勝負でしょう。絶対に負けられないわ」

下腹部で息づくものをヤワヤワとまさぐりながらも、聖羅は勝気そうな表情を見せる。キラリと光るまなざしは、負けん気の強そうなシャム猫を連想させた。

彼女の口からは専門用語が、次々と飛び出してくる。遠隔というのは店側が出玉を調整する違法行為。裏ロムは正規ではないものを指す隠語だ。

逆に体感器は客が違法行為《ゴト》に利用するものだ。専門誌などでかなり研究しているのだろう。秀夫はその知識に舌を巻いた。

「負けられないって思うと、余計に興奮しちゃうの。それに……大当たりのくる感覚って、イッちゃうときのアノ感覚に似てるんだもの」

聖羅の目つきはおねだりをするような甘さと、有無を言わせないという強さを感じさせる。そのまなざしに射抜かれたように、秀夫は身体を強《こわ》ばらせた。

身体だけではない。一番強ばっているのは、他ならぬ秀夫自身だった。秀夫のモノは軽い痛みを覚えるほどに、血液を漲《みなぎ》らせていた。

考えてみれば忙しさもあり、このところ放出していなかった。満たされていなかった欲望が、堰《せき》を切ったように溢《あふ》れ出してくる。

「爆裂したくてたまらなかったのは、台だけじゃなかったりして……。ねっ？」

聖羅は怒張を手のひらの中に収めると、指先をキュッと食い込ませた。爪はあまり長く伸ばしてはいない。

ラインストーンで飾られた爪が、若い女の子らしさを感じさせる。逞《たくま》しさを蓄《たくわ》えた肉茎が、それを嬉しそうに跳《は》ね返す。

「ホントに男の人のアレって……面白いな」

肉茎をもてあそぶ聖羅の表情は、玩具《おもちゃ》を見つけた子猫のようだ。クリクリとよく動く瞳を輝かせながら、指先を巧みに操っている。

「すっごくカチカチになっちゃってる。こんなふうになっているのを触ってると、余計に感じちゃう」

聖羅の指先がズボンのベルトに伸びる。カチャリと音を立て、ベルトの金具が外された。

彼女の指先はためらうこともなく、ファスナーの金具を握りしめる。

張り詰めている肉幹をなだめるようにさすりながら、金具を少しずつ引き下ろしていく。

淫らな期待が湧き上がってくる。秀夫は乱れそうになる呼吸を抑えながら、彼女の指先を見守っていた。

「ここもリーチがかかってるみたい」

彼女の言葉のとおりだ。だらしなくはだけたズボンの前合わせからは、トランクスがちらりと顔をのぞかせている。そのフロント部分には、淫らなシミが滲《にじ》み出していた。

聖羅は張りつめた部分をツンと弾くと、指先に付着した猥褻《わいせつ》な液体をペロリと舐め回した。

「んふっ、美味《おい》しい。エッチな味がする」

秀夫の反応をうかがうように、ヌレジミをもてあそぶ。ふと気が付いたように、彼女は丸い腕時計に視線を落とした。

「そうだね、あんまり時間はないんだよね」

聖羅の手がズボンの引き下ろしにかかる。秀夫は情熱的な視線に促《うなが》されるように、わずかに腰を浮かせズボンの引き下ろしに協力した。彼女の手はズボンだけではなく、トランクスも一気にズリ下ろす。

「あはっ、もう爆裂寸前って感じ。まるでさっきの台みたい」

彼女は弾んだ声を洩らすと、小鼻をふくらませた。柔らかくうねる舌先はためらうようすもみせずに、秀夫の分身目がけて伸びてくる。

秀夫の肉茎の先端は、トロミのある液体を噴《ふ》きこぼしていた。ウネウネと蠢《うごめ》く舌先が、左右に割れた亀頭の先端を軽く舐め上げる。

温かみのある甘美な刺激に、秀夫は悩ましい声を洩らした。

「すっ……ごい、いっぱい溢れてくる」

聖羅はホウッという艶っぽい吐息をつくと、熱のこもった視線で秀夫の顔を見上げた。妖しげな蠢きをみせる舌先が、敏感な部分をちろりちろりと舐め上げる。

一気に咥え込むのではない。触れるか触れないかという絶妙なタッチ。焦《じ》らすような口撃の仕方だ。男の本能を煽《あお》り立てるような、色っぽい上目遣いがたまらない。

頬にかかる聖羅の髪を、秀夫の手がそっとかき上げる。秀夫は目を凝《こ》らすと、肉茎の上をユルユルと這い回る舌先の動きを、じっくりと観察した。

久しぶりの口唇奉仕だ。気を紛らわせなければ、あっと言う間に放出してしまいそうだ。秀夫はくぐもった声を洩らしながら、込み上げてくる快美感と闘っていた。

握りしめるものを求めるように、秀夫の右手が伸びる。それは前かがみになっている聖羅の肉感的な乳房に辿《たど》り着いた。

プニプニと弾力に満ちたふくらみを掌《しょう》中《ちゅう》に収めると、指先をギュッと食い込ませる。

「あぁ……んっ。ダメッ……そんなふうにしたら……おしゃぶりできなくなっちゃう」

聖羅は眉頭にかすかな皺《しわ》を刻むと、なまめかしい喘《あえ》ぎを吐き洩らした。

「んんっ……も、もうっ」

彼女は気を取り直すように深く息を継いだ。ジュププッという湿っぽい音を立てながら、肉幹を根元まで一気に飲み込んでいく。口の中の温かさとヌルつきに、肉茎が打ち震える。

それだけではない。ヒクつく肉幹にネットリとした舌先が巻きついてくるのだ。表面がわずかに粟立《あわだ》った舌が、裏筋から根元へと伸びるラインに密着する。

頬《ほお》の内側の粘膜や舌先を密着させたまま、彼女は頭をゆっくりと前後に振り動かす。リズムをつけながら、締めつけるように肉幹をしごき上げる。口内の粘膜を駆使した、極上のテクニックだ。

「うおっ、ダメだっ……それいじょ……」

小娘のテクに翻弄《ほんろう》されてなるものかと思いながらも、せり上がっていく快感を押しとどめることができない。秀夫は顎を前に突き出して懸命に射精をこらえていた。

それでも抑えきれない快美が、背筋を駆け上ってくる。ソファに沈めた腰肉に、力がこもるのがわかる。

（……もう……限界だっ）

肉杭は固い物をねじ込んで、栓をしているホースのようだ。その先端から栓が弾け飛んでいくような感覚を覚える。その瞬間、肉幹が彼女の口の中で激しくのたうった。

「うほっ……」

秀夫は聖羅の後頭部を両手で抱きかかえると、分身を喉の奥へと強引にひねり込んだ。

彼女はクウッという声を洩らしたものの、逆らうようすはみせなかった。

むしろ射精を催促するかのように、口内粘膜をいっそう密着させてくる。

「ぐっ……くっ……ああっ」

こらえにこらえていた熱い液体が、彼女の喉の奥深く目がけ噴出する。すさまじい勢いだ。量もおびただしい。

熱い液体を喉の深部に打ち込まれたというのに、聖羅は少しも動じるようすはない。嬉々とした表情を浮かべると、一滴もこぼすものかとばかりにむしゃぶりついてくる。

肉茎を唇でしごき上げるようにしながら、欲望の液体を搾《しぼ》ると喉を鳴らしながら飲み下す。精を放った後の肉の棹《さお》をしごかれると、むず痒《がゆ》くなってしまう。

「もう……出ないよ。くすぐったいよ」

秀夫がもぞもぞと腰を引くと、聖羅はようやく唇を離した。その表情は少し名残惜しそうにもみえる。

(俺だけイッたら……マズイよな……)

急に気まずいような思いが湧き上がってくる。それを悟られまいと、秀夫は聖羅の肢体を抱き寄せ唇を重ねた。

樹液を飲み込んだばかりの唇だが、気にはならなかった。彼女の肢体をかき抱《いだ》くと、女らしいラインを描く双臀に指先を這わせる。

「ああんっ、ダメッ……もう時間がないもの……。お店に……お店に戻らなくちゃ」

聖羅は秀夫の耳元で囁くと、駄々っ子を諌《いさ》めるように頬を軽く小突《こづ》いた。

「でも……キミは。キミはまだ満足していないだろう？」

「だって、時間がないじゃない。男と違って、女は単発の当たりじゃ満足できないもの。ねっ、後で……。後でたっぷりと……して」

彼女の甘え声に、秀夫も腕時計を確かめる。食事のために外出してからすでに四十分近い時間が経《た》っている。彼女の言うとおり、店に戻らなくてはいけない時間が迫っていた。

聖羅はなにごともなかったかのように、やや乱れた胸元を整えている。秀大も急《せ》かされるように、膝下まで下ろされたズボンを引き上げた。

店内に戻ると、再びハンドルを握る。一度爆発している台は待っていましたとばかりに、液晶画面に数字を揃えた。にんまりとしながら、聖羅のようすをうかがう。

彼女の台も賑やかなメロディを響かせている。画面に映っているのは、大当たり間違いなしのプレミアムリーチだ。まもなく彼女の台にも大当たりが表示された。

（マッ、マジかよ。まあ、プロを気取っているのは冗談だとしても、俺にとって幸運の女神なのは間違いない……か）

心躍《おど》るメロディを耳にしながら、秀夫はこれからの展開に思いを馳《は》せていた。この調子で行けば、店を出る頃には結構な額を手にできるはずだ。リッチなデートを楽しむこともできるだろう。

午後九時を回った頃、二人は揃って店を後にした。閉店まではまだまだ時間があったが、すでに十分すぎるほどの出玉を確保していた。

「はあーっ、久しぶりだなあ。こんなに気分がいいのって。ふぅーっ、大収穫よぉ」

一万円札を財布にしまい込む聖羅の表情は満足げだ。秀夫も思わぬ副収入に、相好を崩していた。

「どうする？　何か食べに行こうか？」

「ううん、座りっぱなしだもの。お腹は空いてないな。それよりも、ちょっと風に当たりたい気分」

「風に？」

「そう、お店の中ってあんまり空気がよくないものね。冷たい風に当たりたい気分なの」

「ふぅん。そんなものかな」

彼女の言葉にも一理あった。空調設備が整っているとはいえ、店内は決して空気がよいとはいえない。またハマりまくって熱くなっている客のせいか、店外とは違う独特の熱気に包まれていた。

「それじゃあ、少し車を走らせてみないか。いい場所があるんだ」

「……えっ？」

秀夫の言葉に、聖羅は不思議そうに小首を傾げた。

「車で少し行くと、なかなかイイ公園があるんだ。そこなら車も停められるしね」

「へえ、それっていいかも」

聖羅は迷うことなく、秀夫の言葉に賛同した。先ほどとは違い、運転席と助手席に乗り込む。聖羅はエンジンキーを回すと、アクセルを踏み込んだ。

目指す公園は市街地からは少し離れた場所にある。都心とは違い、郊外は駅前を離れれば閑散としている。

街灯だけが目立つ薄暗い道路を見つめながら、秀夫は聖羅を誘導していく。聖羅は秀夫の指示を復唱しながら、鮮やかなハンドルさばきで車を走らせた。半分ほど開けた窓から流れ込む夜風が、高揚感に火照《ほて》った頬に心地《ここち》よい。

十分ほど走ると、目指す公園に辿り着いた。小高い山の中腹にある公園内は、広々としている。平日の夜とあってか、停まっている車はほとんどなかった。

聖羅は公園の駐車場の中心に車を停めた。周囲には車は停まっていない。キャンピングカーは、他の車に比べるとはるかに車高が高い。不埒《ふらち》な輩《やから》に、覗かれる心配もなかった。

エンジンを止めると、後部のリビングへと移動する。聖羅は備え付けの冷蔵庫から缶ビールを取り出すと、秀夫に差し出した。

「まずは……カンパイしようか」

三人がけのソファに並んで座る。缶ビールの縁を合わせると、聖羅はにっこりと微笑《ほほえ》んだ。

(んんっ？　さっきまでとは、少しイメージが違うな)

パチンコ台に向かっていた時とは、どことなく雰囲気が変わっている。秀夫は彼女の顔をマジマジと見つめた。

(ああ、そうだ。目元の印象が違うんだ。さっきまで、パチンコをしていた時はちょっとキツイ感じだったけれど……。いまはずいぶんと、柔らかい感じがするな)

秀夫の視線に気づいたのだろう。

「やだっ、そんなにジロジロみないでよ」

聖羅は少し照れたような笑みを浮かべると、恥ずかしそうに視線を逸《そ》らした。先ほどの勝気な態度とは、まるで別人のような仕草だ。

(へぇ、こんなウブッぽい顔もするんだ)

急に豹変《ひょうへん》した彼女の態度に、好奇心が湧き上がってくる。秀夫は彼女の背中に手を回すと、その肢体をグッと引き寄せた。

顔を近づけると、彼女は困惑したように視線をさ迷わせた。目をしばたたかせる彼女の表情を楽しむように、唇を重ねる。

「……ンーッ」

彼女は小さく息を洩らすと、不安げにまぶたを伏せた。伏せたまぶたがフルフルと震えている。秀夫は彼女の唇に、やや強引に舌先をこじ入れた。

歯並びのよい歯は侵入者を拒むように、キュッと閉じあわされている。秀夫は顔を左右に揺さぶる濃厚なキスをしながら、それも強引にこじ開けた。

戸惑うように固まっている舌先を捕らえると、ちゅぷりと吸い上げる。それでも彼女は恥らうように、身体を強ばらせるばかりだ。

先ほどまで自分を翻弄《ほんろう》していたとは思えない彼女の態度に、牡《おす》の闘争本能がむっくりと頭をもたげる。秀夫はお返しだとばかりに、彼女の口の中で舌先を猛烈に暴れさせた。

「はあ……んっ……」

秀夫の猛反撃に、彼女の唇から切なげな声が洩れる。思わずしてやったりと思ってしまう。秀夫は舌先を絡みつかせたまま、Ｄカップはありそうな量感に溢れた乳房を、やや荒っぽくまさぐった。

「や……ぁんっ……んんっ」

濃密すぎるキスに、息苦しくなったのだろう。彼女は辛《つら》そうな喘ぎを洩らすと、首を振り秀夫の唇から逃れようとした。

「さっきまではずいぶんと大胆だったのに、別人みたいだな」

「だって……あの時は……。パチンコをしている時は、バトルモードだったから」

「バトルモード？」

「……そうなの。パチンコをしている時って、自分でもおかしいくらいに、大胆になっちゃうの。なんて言えばいいんだろう。別の自分になっちゃう……みたいな。……だから」

聖羅は秀夫の視線から逃れるように、視線を泳がせながら小さな声で打ち明けた。

(ふぅん、そんなもんなのか)

確かに腕の中でもじもじと身体をしならせる彼女の姿は、男のモノにむしゃぶりついていた女とは思えない。

年上の男をもてあそんでいた時には、実際の年齢よりもはるかに大人びて見えた。しかし、今は二十代前半の女に相応しい、可愛らしい反応をみせている。

(ヤラれっぱなしじゃ、男の沽券《こけん》にかかわるからな)

秀夫は下腹の辺りが、ジィンと熱くなるのを覚えた。一度放出しているとはいえ、若い女の身体をかき抱いているのだ。劣情の炎が再燃しないはずがなかった。

デニム地のジャケットの下には、薄手のキャミソールを着けている。秀夫はキャミソールの中に手を忍び込ませた。張りのある乳房をしっかりと包み込むと、指先を食い込ませる。

強く弱く、緩急《かんきゅう》をつけながら乳房を揉《も》みしだく。聖羅の唇から切なげな声が洩れる。

秀夫の弄《いら》いに反応するように、薄手のブラジャーの中で、可憐な果実が尖《とが》り立ってくる。

親指と人差し指の腹を使い、そのしこりをこねくり回す。聖羅は息を乱しながら、閉じ合わせた太腿を前後にこすり合わせた。

「いやらしい声を洩らして、ここも濡らしているんじゃないのか」

秀夫は自分の太腿の上に、彼女の身体を後ろ向きに載せた。彼女の両足の間に自分の膝を強引にこじ入れ、左右にグッと割り開く。骨ばった指先を、無防備に開かれた彼女の太腿の間に潜《もぐ》り込ませる。

指先に吸い付いてくるような、瑞々《みずみず》しい素肌の感触が心地よい。秀夫は若々しさを漲らせる太腿の感触を味わいながら、ショーツの底目がけて指先を伸ばしていく。

「アアンッ」

敏感な部分に到達した指先の感触に、聖羅は驚いたように身体をビクンとわななかせた。

ショーツの表地にまで、大量の蜜が滲み出しているのがわかる。秀夫はショーツ越しに、秘裂をツッとなぞり上げた。

「すごいな、もうこんなになってる。指先がふやけそうだ」

「やぁ……そんなこと……言わないで」

そう言いながらも、聖羅の秘部は素直な反応をみせる。秀夫の指先が敏感な肉裂を刺激するたびに、甘酸っぱい蜜液をジュクジュクと滴《したた》り落としている。

ショーツの上からでもわかるほどに、彼女の肉蕾はクッキリと充血している。それを指先でクリックするたびに、彼女は惑乱の声を上げて身悶《みもだ》える。このまま続ければ、指先の刺激だけで絶頂を迎えるだろう
「はぁーっ……イヤッ……ふゃぁん」

上の口とは違う下の口の反応に、ついつい意地悪なことを考えてしまう。焦《じ》らしながらフェラをした彼女に対して、仕返しがしたくなってしまうのだ。秀夫は肉蕾の上で、小刻みに動かしていた指先の動きを止めた。

「ぁ……あぁんっ……イヤ……はんっ」

聖羅の口から未練がましい声が洩れる。彼女は淫らなおねだりをするように、秀夫の方を振り返った。

「今度は自分でいじってみろよ」

「ア……ンッ……、そんな……そんなのぉ」

秀夫の意地悪な言葉に、聖羅は目尻を歪《ゆが》めた。今にも泣き出しそうな表情だ。

しかし、そんな表情を見ると、ますます興奮してしまうのだ。ましてや男たるもの、一度言い出したら退《ひ》くことなどできない。

秀夫は両の手のひらで左右の乳房を鷲摑《わしづか》みにすると、尖り立った乳首を指先でこすり上げた。聖羅は胸を突き出し、甘やかな刺激を享受している。

「言ったとおりにできないと、いつまで経っても挿入《いれ》てヤフないぞ」

脅しめいた言葉に、聖羅はようやく小さく頷《うなず》いた。ヌルついたショーツの中に指先を忍び込ませると、遠慮がちになぞり上げる。しかし、指先の動きはすぐに激しいものに変わっていった。

「アンッ、ダメッ……ヤァ……イッ」

秀夫の膝の上で、彼女の身体が大きく跳ね上がる。ガクガクと身体を痙攣《けいれん》させると、彼女は前のめりに床の上に崩れ落ちた。

秀夫は素早くズボンとトランクスを脱ぎ落とした。ソファの上に仰向《あおむ》けに寝そべる。すがりつくような視線が、隆々と反《そ》り返る怒張に注がれる。

「悪いな。以前に腰をヤッちまってさ。上に乗ってくれないか」

「でも……上って……あんまり経験ないから……」

「大丈夫だよ。最後はきっちりとキメてあげるからさ。まずは上になってくれよ」

語気を強めた秀夫の言葉に、聖羅はコクリと頷いた。言葉のとおり、女性上位はほとんど経験がないのだろう。ソファの上に膝をつくと、恐る恐るというようすで腰を沈めてくる。肉裂の上を数回往復した後、怒張の先端がゆっくりと飲み込まれていく。

「……っ、ンッ……は……挿入《はい》ってくるっ」

うっとりと目を閉じた聖羅の唇から、悩乱の声が洩れる。彼女は不慣れなようすで、ふっくらとした尻を揺さぶっている。

「そうじゃない、もっと深く。膝じゃなくて足で身体を支えるんだっ」

秀夫は聖羅の尻をがっちりと摑むと、強引に体勢を変えさせた。足の裏をついた女性上位の体位だ。膝をついた女性上位とは違い、膣内が肉幹を痛いくらいに締め上げる。

「なっ……なに……これっ……？　す……ごいっ。アレが奥まで奥まで……クルッ。イッ、イイッ、はあっ、たっ……たまんないっ」

密着率抜群の体位に、聖羅はたまらず上半身をのけぞらせた。秀夫は聖羅の手首を摑むと、前後に揺れる彼女の身体を下から突き上げる。

「アア……こんなの……はじ……めて……。頭がヘンになるっ。もうワケが……ワケが……わかんなくなる。もうっ……もうっ」

聖羅は熱に浮かされるように、快美の喘ぎを吐き洩らした。突き上げるたびに彼女の蜜肉がわななきながら、肉茎を締めつけてくる。

（パチンコだけじゃなくて、こっちも確変に突入だな）

女の深淵をうがちながら、秀夫は今宵《こよい》の真剣勝負の勝利を味わっていた。

あの日以来、パチンコ店に行くたびに無意識に彼女の姿を探してしまう。しかし、その姿を見つけることはできなかった。

本当に言葉のとおりに、キャンピングカーでホールを巡《めぐ》っているのだろうか。そんなことを思いながら、秀夫は銀色の玉を打ち出した。

不思議なことだが、あの日以来負けるということがなくなった気がする。大勝ちはしなくても、負けることもない。

（あの娘は本当に、幸運の女神だったのかも知れないな）

百戦錬磨のギャンブラーと、ウブで可愛らしい女の二面性をみせた聖羅。その姿を思い出すと、いまだにアレは夢の中のできごとのように思えてしまう。

（さぁて、今度はどんな台が出るんだ？）

勤め帰りに立ち寄ったコンビニで、パチンコ雑誌をめくった秀夫の目は、あるページに釘付けになった。

そこには見覚えのあるキャンピングカーの前で、ポーズをとる女の姿があった。サングラスをかけてはいるが、見間違うはずもない。

『いまはこの車で、いろいろなホールを回っています。見かけたらヨロシクね！』

駆け出しながらも、パチプロとして紹介されている彼女の表情は誇らしげだ。

「ふぅん、まんざら嘘でもなかったんだな。新米のパチプロか。頑張れよな」

秀夫の脳裏《のうり》に薄めの唇を尖らせながら、パチンコについて熱く語る聖羅の姿が蘇《よみがえ》った。

君に捧ぐツッコミ

橘 真児

著者・橘《たちばな》　真児《しんじ》

一九六四年、新潟県生まれ。九六年『ロリータ粘液検査』でデビュー。教員と作家の二足の草鞋を履きながら執筆を続け、〇三年専業に。学園を舞台にした官能ものを中心に作品を発表。最新刊は『美尻物語』。

コンビニのバイトを終えた深夜、尾倉辰也《おぐらたつや》は行きつけのラーメン屋に立ち寄った。午前三時まで営業しているそこは、地元ではわりあいに名の知れたチェーン店だ。麺類《めんるい》を頼むとライスがサービスでつくのが嬉しくて、頻繁《ひんぱん》に利用している。

内装はファミリーレストランに近く、カウンター以外にテーブル席が六つある。遅い時刻にもかかわらず、五つまでが客で埋まっていた。男同士のグループが二組と、アベックが二組。あとのひとつは若い男性客がひとりで坐っていた。

カウンター席に歩み寄った尾倉は、しかしちょっと考えてから、結局奥のテーブル席についた。この時間ならもう客は来ないだろうし、かまわないかと思ったのである。案の定、店員も何も言わなかった。

「味噌《みそ》ラーメン。ライスもつけてください」

「はい、味噌一丁《いっちょう》お願いします！」

店員のオーダーに、カウンターの奥から「あいよ、味噌一丁！」と威勢《いせい》のいい返事がかえされる。

熱いおしぼりで手を拭《ぬぐ》い、お冷《ひや》をひと口飲む。ようやく人心地《ひとごこち》がついた気分。

「はあ……」

つい大きなため息をついて、ふり返った前の席のアベックにクスクスと笑われる。尾倉は首を縮め、またお冷に口をつけた。上目づかいに店内を眺め回し、賑《にぎ》やかに談笑するグループや、やたらとベタベタしているもう一組のアベックに眉をひそめる。

ふと顔を横に向ければ、ガラス窓に風采《ふうさい》のあがらない男が映っていた。どう見てもくたびれたオッサン。実際の年齢以上に老けて見えるのは、気疲れのせいなのだろうか。

尾倉は、来月の誕生日で三十四歳になる。大学卒業後に就職した会社が一年前に潰《つぶ》れ、いい齢をして今はフリーターの身だ。独身で恋人もいないから、孤独なことこの上ない。食事を終えてアパートに帰っても、薄ら寒い六畳一間が迎えてくれるだけ。

同じコンビニに勤めているのは、パートの主婦を除けば、学生などの若者ばかり。不器用で手際《てぎわ》の悪い尾倉を、彼らは蔑《さげす》む目つきで見る。悔しいが、元来気が弱く、連中と対等に渡り合う勇気などない。それに、へたにトラブルを起こして、せっかく雇ってもらえたバイト先を辞めることになってもまずい。何があろうがぐっと堪《こら》え、安い時給に甘んじてひたすら働くしかないのだ。

(ああ、情けない……)

自分でもそう思うくらいだから、他人から見れば尚更《なおさら》だろう。女性に対してもおっかなびっくりで、思春期以降、まともに口をきいたことがない。セックス経験も、風俗嬢を相手に数回あるだけだ。

（まずはこの性格を変えなきゃ、どうしようもないんだろうなあ）

しかし、ほぼ確立されたキャラクターを、この齢になって変えることは簡単ではない。

彼は小さいころから、「モグラ」というあだ名で呼ばれてきた。苗字《みょうじ》をもじったものだが、こそこそと人目を避けて生活している今の姿は、まさしくモグラだろう。

「味噌とライス、お待たせしました」

突然目の前に湯気の立ったどんぶりが置かれ、それだけで尾倉はビクッとなった。

「あああ、あの、どうも」

吃《ども》ってしまい、またアベックに笑われた。

やれやれと気落ちしつつ箸《はし》を割る。山盛りのもやしをこってりしたスープに落としてかき回し、乾水《かんすい》臭い太麺を口に運ぼうとしたとき、新たな来店者があった。

「いらっしゃいー!!」

店員の声に顔をあげた尾倉は、思わず箸をとめてその人物を凝視《ぎょうし》した。

若い女だった。それも、ひとりで。後から連れが来る様子もなく、真《ま》っ直《す》ぐカウンターに向かう。

（珍しいな）

喫茶店ならともかく、こういう店に女性がひとりで来るというのは、これまで出くわしたことがない。他の客たちも、不思議そうな眼差《まなざ》しを向けている。それは彼女が、人目を惹《ひ》く美貌《びぼう》の持ち主のせいもあったろう。

やや茶色がかった髪は緩《ゆる》くウェーブし、肩にふさっとかかる。綺麗《きれい》に整えられた細い眉に、遠目でも睫毛《まつげ》の長さが際立つ切れ長の瞳。ブラウン系のルージュで艶《つや》めく唇も、人形を思わせるよいかたち。ニットにジーンズというシンプルな装いながら、長身でめりはりのあるボディー。小柄な尾倉より頭ひとつぶんは高いのではないか。はち切れそうなヒップが魅力的で、ひょっとして有名なモデルではないかと思われた。

そんな美女がどうしてこんな深夜にラーメン屋に来るのか、さっぱりわからない。けっこう気が強そうだから、我儘《わがまま》なお嬢様の気まぐれといったところだろうか。

「何にしましょう」

お冷とおしぼりを持っていった店員も、どこか遠慮がちである。

メニューを開いて眺めていた美女は、おもむろにパタンと閉じると、

「ミートソースください」

しれっとした口調で言った。

「はい、ミートソー——え、ええッ⁉」

復唱しかけた店員が、目を丸くする。他の客たちもあっ気にとられている。

「あの……味噌ですか？」

「味噌じゃないわ。ミートソース」

「えっと、うち、ミートソースはないんですけれど」

「じゃあ、ナポリタン」

このやりとりに、店内に笑いのさざ波が広がった。アベックの女など噴《ふ》き出して、腹をおさえてクックッと笑っている。男たちもニヤニヤして、興味津々《きょうみしんしん》に成り行きを見守る。

おそらく笑っていなかったのは店員と、尾倉だけだったろう。

（なんだ、あの女⁉）

くだらないやりとりを可笑《おか》しいと思うより前に、きっと危ないやつに違いないと、尾倉は心から怯《おび》えていた。

（かかわったら、ろくなことにならないぞ）

思いつつも、目が離せない。ほとんど怖いもの見たさという心境。

「あのう、ナポリタンもないんですよ。うちはラーメン屋なので」

「あらそう？　使えないのねえ。だったらいいわ、味噌ラーメン」

「はいよ、味噌一丁」

「あ、麵はアルデンテね」

とうとうカウンターの奥からも噴き出す声が聞こえた。注文をとった店員も顔をそむけて肩を震わせている。客たちはもはや遠慮なくげらげらと笑い、尾倉だけが乗り遅れたように顔を強《こわ》ばらせていた。

(あの女、頭がおかしいんじゃないのか⁉)

注文を終えた美女は、おもむろに店内を見回した。客たちは関わりあいを避けて目を逸《そ》らすものの、忍び笑いは続けたままだ。

そして、女の視線がまともに尾倉に向けられた。

(ヤバい――)

咄嗟《とっさ》に顔を伏せ、ラーメンをすする。

と、席を立った彼女が、こちらに歩み寄ってくる気配があった。

(来るな――‼)

必死で念じながら食べ続けるものの、胸がドキドキして少しも味がわからない。とにかく目を合わせないようにしていると、

「ここ、相席してもよろしいかしら」

すましたふうな女の声。横目で恐る恐る見上げれば、彼女はおしぼりとお冷を手に、こちらを見下す目付きでたたずんでいた。

「あああ、あの、ええと」

「お邪魔《じゃま》しますね」

女は返事も聞かずに、勝手に向かいに腰をおろした。

まさに悪魔にでも魅入《みい》られたよう。箸を握る尾倉の手は、いつしか小刻みに震えていた。他の客たちも、いったい何が始まるのかと、固唾《かたず》を呑《の》んで見守っている。

(何が目的なんだよ……!?)

ウケを狙ったつもりが、ひとりだけ笑わなかったことに腹を立て、因縁をつけるつもりなのだろうか。浮かんでくるのは、そういう不吉な考えばかり。

これはさっさと退散したほうがよさそうだと、尾倉は焦《あせ》ってラーメンをすすり、飯を嚙《か》まずに呑み込んだ。

「ねえ、あなたのそれ、あたしが頼んだのと同じやつよね」

声をかけられ、箸がとまる。泣きそうになって顔をあげると、まっすぐにこちらを見据える瞳に射すくめられた。

「ちょっと味見させてくれない？」

断ろうにも、どう言葉をかえせばいいのかわからない。尾倉はただ口をパクパクさせるだけだった。

女はレンゲを奪うと、勝手にスープをすくってひと口すすった。

「うん、なかなかイケるじゃない。このウンコ色の汁」

またも店内に笑いが広がる。前の席のアベックなど、女のほうは呼吸困難でも起こしそうに「ひーひー」と腹をかかえている。

そんな中、尾倉だけは世界が終わりを迎えたような顔で、額《ひたい》に脂汗《あぶらあせ》さえ滲《にじ》ませた。

(もうダメだ――)

得体の知れない恐怖に、脚がガクガクと震える。齢がいもなく漏《も》らしてしまいそうだ。

すると、それまでニコリともしなかった美女が、艶っぽい微笑を浮かべた。

「うん。合格」

「へ?」

彼女はテーブルに身をのり出し、

「あたし、相楽里菜《さがらりな》っていうの。二十四歳」

そう自己紹介をした。

「あなたは?」

「あ、あの……尾倉、辰也です」

「年は?」

「三十三、ですけど」

年下相手に、オドオドした受け答え。

「へえ、老けて見えるのねえ。でも、その疲れ切ったオジサンみたいな、情けない顔がいいのよ」

大きなお世話だと、初対面で小生意気《なまいき》な口をきく女に、腹立ちを覚える。しかし、

「ね、あなた、あたしと組まない？」

この突然の申し出に、尾倉は手にした割り箸をぽとりと落とした。


なんとか逃れようとしたものの、里菜はしつこく尾倉につきまとい、とうとうアパートにまでついてきた。

「ふうん。思ったとおりに、チンケなところに住んでるのね」

図々《ずうずう》しく上がり込み、何も無い殺風景な和室を見回して辛辣《しんらつ》なことを言う。

「いったい、何の用なんですか!?」

内心ビクビクしながら憤慨《ふんがい》を口にすると、

「だから、あたしと組んでほしいのよ」

里菜は意味不明な台詞《せりふ》を繰《く》り返す。

「組むって、なにを⁉」

「漫才よ」

「は？」

「あたし、お笑いの道に進みたいの。それで、あなたと漫才のコンビを組みたいのよ」

あまりに唐突《とうとつ》で、理解に苦しむ申し出。

「――む、無理です‼」

普段は優柔不断《ゆうじゅうふだん》なのに、このときばかりは尾倉も即答した。

「私にはそんな、人を笑わせるような才能はありませんよ」

「そんなこと百も承知だわ」

あっさりと肯定され、きょとんとなる。

「笑わせるのはあたし。あなたは横にいて、あたしの言うことに相槌《あいづち》を打っていればいいの。ようするに、あたしがボケで、あなたがツッコミってわけ」

「いや、でも、それは――」

そんな簡単なことではないことぐらい、芸事に疎《うと》い尾倉にもわかる。

「ようするに、さっきみたいにあなたが面白いことを言うのに、私が何か気のきいたことを返さなきゃならないんでしょ？　できるわけありませんよ」

「やっぱりね」

里菜はふふんとほくそ笑んだ。

「あれを面白いなんて言うようじゃ、センスのかけらもないわ。いい？　あれは、あたしみたいな美人がやったから、まわりも笑ったの。もしあなたが同じことをやれば、ふざけるなって袋叩きにされてたでしょうね」

自分のことを美人と言ってのけるあつかましさに加え、見下した態度にもムッとなる。

「ええ、どうせセンスなんてありませんよ。それがわかっていて、どうして私なんかと組もうなんて考えるんですか？」

「その卑屈《ひくつ》さがいいからよ」

「は？」

「ちょっとこれ、見てもらえる」

里菜はいきなりニットをめくりあげると、ジーンズのお腹に差し込んであったノートを取り出した。

(なんてところにしまってるんだよ)

尾倉はあきれた眼差しを彼女に向ける。

「今どきの素人だって、ここは『なんでそんなところに入れてるんだ！』って、突っ込むところなんだけどね」

里菜は丸っきり馬鹿にした口調で、人肌のノートを投げてよこした。

「ま、そのマジな反応が貴重なんだけどさ」

さっぱり訳がわからぬまま、尾倉はノートを拾うと、開いて目を通した。

「……こ、これは⁉」

数ページ読んだだけで、顔色が変わる。

手書きの漫才台本であった。のっけから『低能ども』だの『馬鹿は死んでくれ』だの『害虫よりしまつが悪い』だのと過激な言葉が並び、しかも取り上げるネタも、ありとあらゆるところに喧嘩を売っているとしか思えないものばかり。とても読むに堪《た》えない。

「思ったとおりの反応だわ」

すっかり蒼ざめた尾倉を見て、里菜は満足げに笑みをこぼした。

「あたしがやりたいのは、そういう攻撃的な漫才なの。だけどそれだと、観客は引くばっかりで、たぶん笑ってくれないわ。まして、あたしみたいな美人が、そんな人道に外れた毒舌を口にしたらね」

どこまで真面目に言っているのか、尾倉は判断に苦しんだ。

「このネタを笑いにもっていくためには、ツッコミの役割が重要になるのよ。『いい加減にしろ』みたいにありきたりに返されたら、せっかくのネタが台無しになるだけだし。じゃあ、どうすればいいのか、わかる？」

「いえ……」

「この場合は、客が引く以上に、ツッコミに引いてもらうしかないのよ。小市民的にオドして、うろたえてほしいの。そうすれば、客は安心してネタを笑うことができるわ。ようするにあなたは、あたしと客の間でクッションの役割をするの。その台本、ツッコミのところが空白になってるでしょ」

もう一度ノートに目を落とし、尾倉はうなずいた。

「相方はあたしが言うことに驚いたり、蒼くなったりすればいいの。その反応が笑いになるのよ。それにふさわしい、あなたみたいにいかにも気が弱くて情けない男を、あたしはずっと探していたの」

尾倉は困惑しきった顔を里菜に向けた。

「日本もアメリカ並みに訴訟が増えてきたじゃない」

「そうみたいだね」

「でもあれって、自分が間抜けなのを他人のせいにしてるだけよね」

「いや、そんなことはないでしょ」

「昔、お菓子を小さな子供に与えたら喉に詰まらせて死んじゃって、食品会社を訴えたバカ親がいたけど、よく嚙めもしない子供にそんなものを与えたらどうなるかなんて、ちょっと考えればわかることじゃない。親の落ち度でしょ。そんなのが認められたら、餅《もち》を作ってる会社は正月のたびに、ジジイやババアの家から訴えられることになるわよ」

「……それは問題が違うから」

「玩具や遊具で怪我《けが》したからって訴えるのも多いじゃない。子供なんて馬鹿なんだから、無茶やって怪我するのは当たり前でしょ。それを物のせいにするんじゃないってのよ」

「いや、馬鹿ってことは……」

「親が馬鹿だから、ガキも馬鹿になるのよ。そんなに怪我が心配なら、子供を座敷牢《ざしきろう》にでも閉じこめておけばいいじゃない」

「それはやり過ぎだよ」

「だいたい今の世の中、何でもかんでも自分本位の馬鹿ばっかりじゃない。不祥事《ふしょうじ》を起こしたからって公共放送の受信料の不払いが増えてるけど、あれ、払ってないやつのほとんどは、ただのドケチか貧乏人だから」

「いや、そんなことは……」

「そういうやつに限って、災害とか起こると真っ先に公共放送にチャンネルを合わせるのよね」

「……（オロオロ）」

結局押し切られるかたちで、尾倉は里菜とコンビを組むことになった。彼女は連日夜更《よふ》けに部屋にやって来て、こうしてネタ合わせの練習をするのである。

「まだ硬いなあ。客の前でもないのに、なんでそうガチガチになるのよ。ラーメン屋のときみたいに、もっと自然に怯《おび》えてよ」

そうは言われても、人前で何かするのなんて、小学校の学芸会以来である。易々《やすやす》と度胸《どきょう》がつけられるものではない。

「ほら、もう一回さらうわよ」

「うん……」

十歳近く齢が離れているのに、尾倉は里菜に仕切られっぱなしだった。

練習は実際にするのと同じように横並びになって、サッシ窓のほうを向いて行なう。外が暗いから、ふたりの姿がガラスにくっきりと映る。自分たちの様子が客観的に見られていいと里菜は言うのだが、見映えのいい彼女の横で自分の惨《みじ》めったらしさが強調され、尾倉はますます気が滅入《めい》った。

（本当に、こんな漫才が受け入れられるのかなあ）

正直それも疑問だったが、そんなことを言えば里菜から怒鳴りつけられるに決まっている。尾倉は黙って、彼女の指示に従った。

「小さな子供に手を出すロリコン犯罪者が相変わらず多いわよね。ああいうのは裁判なんかしないで、さっさと死刑にすればいいのよ。裁判費用も無駄だし、あんなやつらに一秒でも酸素を吸わせるのはもったいないわ」

「いや、そんな簡単に死刑なんて……」

「こういうこと言うと決まって、加害者にも人権がとか言うおめでたいのが出てくるけどさ、他人の人権を侵害《しんがい》したやつに、自分の人権を主張する権利なんかないっていうの。っていうか、人間ですらないわ。糞以下ね。性根が腐ってて、肥料にもならないもの。死刑の費用ももったいないから、自分のウンコでも食べて死んじゃえばいいのに」

「……」

「あんたも言いたいことがあるんなら、はっきり言いなさいよ。さっきからオドオドしてるばっかりじゃない」

「いや、だって……」

「そういう情けないやつに限って、インターネットの掲示板では妙に攻撃的になるのよね。こないだ騒ぎになってた殺人予告、書き込んだのあんたじゃないの？」

「ち、違うよ」

「あんたみたいにうだつの上がらない男が、あたしみたいな美人と並べるなんて、漫才コンビでなきゃあり得ないんだからね。拾ってあげたあたしに感謝しなさいよ」

「――あの、ちょっといいですか？」

知り合って二週間、どうにか漫才らしいかたちになってきたかなというところ、尾倉は里菜に質問した。

「なによ？」

「だいたいのパターンはわかってきましたけど、これ、里菜さんが私を罵倒《ばとう》してばかりだと、やっぱりお客さんは引くんじゃないでしょうか」

「へえ……」

里菜は驚きと感心の混じった顔で、尾倉を見つめた。

「あんたにしちゃ、いいところに気がついたじゃない。ただの唐変木《とうへんぼく》でもなかったのね」

相変わらず一言多い彼女に、またムッとする。普段の呼び方もいつの間にか『あんた』となっていて、まるっきり下僕《げぼく》扱いだ。

「たしかにそうなの。そこがあたしたちの漫才の弱点なのよ。あたしの言うことにあんたがオドオドしてるだけだとネタが終わらないし、やっぱりオチが必要になってくるの」

「オチって、どういう……?」

首をかしげる尾倉に、里菜は、

「あんた、女を抱いたことある?」

唐突な質問をぶつけてきた。

「な、ななな、なんで⁉」

「いいから、答えなさいよ」

「……そのくらい、ありますよ」

「風俗の女じゃなくて、恋人とかナンパした相手とかよ」

「……ありません」

「やっぱり素人童貞《しろうと》か」

馬鹿にした言いぐさに、悔しさがこみ上げる。どうしてこんな高慢ちきなやつと組まなくちゃいけないのかと、あらためて疑問に思う。結局のところ、押し切られっぱなしの自分が情けないのであるが。

と、里菜が窓に歩み寄り、カーテンを引いた。尾倉の前に戻ると、いきなりころりと畳に仰向《あおむ》けになる。

「抱きなさい」

これまた唐突な命令に、尾倉は「え？」と目を白黒させた。

「あたしを抱きなさいって言ってるの。どうせロクなチンポじゃないんだろうけど」

そうして尾倉を見上げ、不遜《ふそん》な笑みを浮かべて目を細める。

「ま、あんたにその度胸があればだけどね」

コンビを組もうと言われたとき以上に、意図のつかめない要請《ようせい》。尾倉は固まって身動きすらとれなかった。

「早くしなさいよ。インポなの⁉」

罵倒され、反射的に脇に膝をついた。着衣でも、無防備に横たわる美女はやたらとセクシー。思わずゴクッと唾を飲む。

ずっと虐《しいた》げられてきたとは言え、里菜に魅力を感じていなかったわけではない。生意気な女だと思いつつも牡《おす》の欲望に抗《あらが》いきれず、あられもない姿を脳裏に描いてオナニーしたこともある。まして、こんなふうに肉体を差し出されれば、あれこれしたくなるのは当然のこと。

（本当にいいのか？）

ひょっとして手を出した途端《とたん》蹴飛《けと》ばされるのではないかと、恐怖も覚える。だが、据膳《すえぜん》を前にして募《つの》る情欲には逆らえない。

尾倉は大きく盛りあがった乳房に手を伸ばした。頂上にそっと掌をかぶせる。

「ん――」

その瞬間、かすかな吐息が洩《も》れ、里菜の肢体がピクンと反応した。

衣類越しでも際立《きわだ》つ柔らかさ。瞬時に頭に血がのぼる。気がつくと尾倉は鼻息を荒くして、両手で双丘《そうきゅう》を揉みしだいていた。

「ちょっと……痛い」

眉をひそめて言われ、ようやく我に返る。

「強くしたら、ブラのワイヤーが食い込むじゃない。ちゃんと脱がしてからにしてよ」

女性の扱いに慣れていないのをあからさまに指摘された気がして、また落ち込む。いちいち文句をつけなくてもいいじゃないかと不満を懐きつつ、薄手のニットの裾に手をかけてたくしあげると、里菜が背中を浮かせて協力した。

贅肉《ぜいにく》もなくへこんだお腹があらわになり、次いで飾り気のないベージュのブラジャーが視界に入る。シンプルな下着はかえって生々しく、おまけにたっぷりした乳房がそこからこぼれそう。尾倉は脳の血管《けっかん》が切れるのではないかと思うほど昂奮《こうふん》した。

（うわ、でかい……）

息を呑んで見つめ、手が止まる。

胸元までめくれあがったニットを、里菜は寝転がったまま、自分で脱いでしまった。さらにじれったいとばかりにジーンズも取り去り、たちまち下着姿になる。

豊かな腰回りを包むのは、恥毛がウエストラインからはみ出しそうなローライズの黒いパンティ。普段生活している場所に、あられもない姿の美女が寝そべっている。これは夢ではないのかと、尾倉は何度もまばたきを繰《く》り返した。

「あんたも脱ぎなさいよ」

またも命令がとび、尾倉は慌《あわ》ただしく衣服を脱ぎ散らかした。

(今までさんざん好き放題に扱われてきたんだ。これくらいの役得があってもいいよな)

自らに言い聞かせつつトランクスひとつになり、寝そべった彼女のわきに正座する。

里菜のプロポーションは、気後《きおく》れしそうなほど抜群だった。伸びやかな肢体は男性誌のモデルとして充分に通用しそう。触れなくてもなめらかであると実感される若い肌も、白く艶めいて目に眩しい。いつも間近で感じていた甘い体臭が、一層濃くゆらめいている。

(ほ、本当にこのからだを抱けるのか!?)

欲望は秒単位で上昇するものの、相手は勝手に男を跨《また》いで腰を使う風俗嬢とは違うのだ。こちらから動かねばならぬ状況だが、下着姿の美女を前に、どうすればいいのかさっぱりわからない。

尾倉はすっかり舞いあがり、目を見開いて里菜を凝視《ぎょうし》するだけ。

「さっさとしなさいよ」

促《うなが》されてようやく、おっかなびっくりに手を差し延べる。今度はブラジャー越しに乳房を確認しようとすると、それより先に彼女が中央の留め具をはずしてしまった。カップが左右にわかれ、ふたつの巨塊がプルンとはずんで全貌を現わす。

「わっ」

思わず声をあげる。引っ込めようとした手を、里菜に摑まれてしまった。そのまま乳房へと導かれる。

ふにゅ——。

手の中で柔らかくひしゃげる感触に我を忘れる。掌に吸いつく肌触り。そしてむやみに甘えたくなる温かさ。

(うわ、こ、これ……おっぱい!!)

さすがに冷静でいられなくなって、尾倉は里菜の乳房にむしゃぶりついた。息を荒げつつ両手で揉みしだき、ちんまりした薄桃色の乳頭に吸いつく。

「あぁン」

甘えるような喘ぎが聞こえ、同時にしなやかな肉体が切なげにくねった。感じているのだとわかって全身がカッと熱くなり、無我夢中で硬くなった突起を吸いたてる。

「もう、子供みたいに……」

なじる声も震えを帯びている。いくら小生意気でも、所詮《しょせん》は女だ。敏感なところをいじくられれば感じてしまうのだ。

いっぱしのことを考えつつ、乳首を舌で転がしながら、ふくらみに指を喰い込ませる。口もとからちゅばちゅぱと行儀の悪い音がたつ。

トランクスの中で、牡の象徴ははち切れそうになっていた。久しぶりの女体を前に、昂奮の極みとでも呼ぶべき状態。

「ああん、もう。そんなにしたら、おっぱいがベトベトになっちゃう」

なじりながら、里菜が手を伸ばす。それはためらいもなく尾倉の股間を捉えた。疼《うず》いて脈打つものを、下着越しにギュッと握る。

「うッ」

途端に、甘美なものが背すじを貫いた。

「あん、硬い」

指が全体の形状を確かめるように動く。かつてない快さに、たちまち限界が迫る。

「あ……うぅッ」

尾倉は呻いて腰を痙攣《けいれん》させ、次の瞬間には爆発していた。

「たったあれだけのことで、どうして出しちゃうのよ⁉」

あっけなく射精してしまった尾倉に、里菜は怒り心頭で目を吊《つ》り上げた。

「あ、あの、すいません」

尾倉は恐縮し、トランクスを脱いで精液の後始末をする。里菜は胡座《あぐら》をかいて軽蔑の眼差しを送った。

「素人童貞で、おまけに早漏か。ったく、使えない男ねえ。ほら、その情けないチンポ、もう一回さっさと勃たせなさいよ」

そんなふうに罵られては、焦りが募るばかりだ。しごいて奮い起たせようとするものの、ペニスはますます萎縮《いしゅく》して、再び大きくなる気配を微塵《みじん》も示さない。

「ちょっと、どうしちゃったのよ」

苛立った里菜がにじり寄って手を伸ばした。うな垂《だ》れた牡茎を柔らかな指でためらいもなく握り、慣れたふうにしごきたてる。

「あうう」

快さが腰椎《ようつい》を気だるくしたものの、それが勃起に結びつくことはなかった。セミヌードの美女がどんなに愛撫を施《ほどこ》そうとも、萎えた愚息はピクリとも反応しない。

「持ち主と同じで、ナンボも役立たずってわけ⁉」

侮蔑の言葉が胸に突き刺さる。自己嫌悪に、尾倉は涙をこぼしそうになった。

「ったく、情けないわねえ。度胸もなければ精力もないじゃない。それでも男なの⁉　あたしがせっかくここまでサービスしてやってるっていうのに」

里菜が憎々しげに手に力を込め、尾倉は「痛ッ‼」と悲鳴をあげて床に転がった。

「そんな粗チン、あってもなくてもいっしょだわ。モロッコに行って切っちゃえば？」

酷《ひど》い言われようだが、反論もできない。先端に半透明の雫《しずく》を浮かべるペニスも、馬鹿にされて泣いているように見えた。

「あーあ、組む相手を間違えたかなあ。情けないにもほどがあるわよ。こんなんなら、そこらの犬か猫のほうがまだマシじゃない」

動物以下と評され、さすがに尾倉も怒りがこみあげた。

「そこまで言うことないじゃないですか」

けれどまともに顔を見ることはできず、うつむいたまま小声で愚痴っただけ。

「え？　何か言った⁉」

里菜に大きな声で反撃され、尾倉はまた口を閉ざした。悔しくてたまらなかった。

「女も満足に抱けないダメ男が、何を一人前なこと言ってんのよ。ほら、とっととパンツ穿《は》いて、そのみっともないチンポをしまいなさいよ。いつまでそんなもの見せてるつもり？　目が腐っちゃうわ」

そして、やれやれと大袈裟に肩をすくめる。

「これは、コンビ解消するしかないかもね。いくらなんでもインポ野郎と漫才するなんて、あたしが恥ずかしいわよ」

身勝手な言いぐさに、さすがに我慢も限界を超えた。元はといえば彼女のほうから誘ったのである。それがちょっとセックスがうまくいかなかったぐらいで、どうして悪《あ》し様《ざま》に罵られなければならないのか。

（くそっ、こ、この女《あま》ァ――――!!）

怒りが腹の底からこみあげる。それは、これまでの人生で耐えに耐え、蓄積されてきたすべての不満や憤慨も伴って、一気に噴出した。

「ふ、ふざけるな、この、馬鹿女っ！」

自分でもびっくりするぐらいの大声が出た。突然のことに、里菜も目を丸くする。

「人がおとなしくしていればつけ上がりやがって。手前こそただの尻軽じゃねえか!!」

こんなふうに誰かを罵ったことなど、生まれて初めてであった。それは強烈なカタルシスを尾倉にもたらし、同時にリビドーも上昇させる。

「コンビ解消だと⁉　上等じゃねえか。おれだってお前みたいな生意気女と組みたかねえんだ。ちくしょう。そんなにチンポが欲しいんなら、今すぐ突っ込んでやる！」

尾倉は里菜に飛びかかった。

「ちょっと、やめてよ、バカッ‼」

抗われても、少しも怯《ひる》まない。むしろ闘争心を煽られて、最後の一枚に手をかけるやいなや、乱暴に毟《むし》り取った。

「いやあ！」

悲鳴があがる。白さの際立つ下腹に、黒々と繁る恥叢。逆毛だったそれを見た瞬間、獣欲が沸騰した。抵抗してバタつく長い脚を、あらん限りの力で大きく開かせる。

「やだ――」

恥じらって隠そうとする手を払い退《の》け、尾倉は若い美女の秘部に顔を近づけた。

かつて目にした風俗嬢のものとは違っていた。全体にちんまりとおとなしく、はみ出した肉弁も清楚《せいそ》な色合い。ツンと酸《す》っぱみのある性器臭が、鼻腔に悩ましい。

「ふん、手前のマンコこそ、発情してプンプンくさいじゃねえか」

「いや、見ないで……」

ずりあがって逃げようとする腰をしっかりと抱き、尾倉は里菜の中心にくちづけた。

「あああ、ダメぇ!!」

豊かな腰回りがビクンと跳ねる。肉の裂け目に舌を差し込み、慌ただしく動かして唾液を内側に塗りこめると、尾倉の頭を挟む太腿が切なげにわななないた。

「それ……ヘンになっちゃうぅ」

いつになく可愛げのある反応にも昂ぶらされる。だったらもっと変になってもらおうとばかりに、ジュルッ、ちゅぱっと卑猥な音をたてて美女の濡れ蜜をすすった。

「ああっ、あん、やン、はああ」

もはや抵抗はほとんどなく、肉体の反応もなまめかしい。舌に絡みつく愛液も粘りと甘みを増し、恥芯一帯が発情した淫臭を放つ。

「あ……はぁはぁ――」

里菜はぐったりと身を横たえ、胸を大きく上下させていた。目つきもトロンとして、どこを見ているのかすらはっきりしない。

自身が再び激しく勃起しているのを自覚し、尾倉はからだを起こした。両膝をM字のかたちに立てさせた中心に腰を進め、そそり立つものの尖端を、濡れ光る淫華の中心へとあてがう。

「うう……」

温かくヌルッとしたものが亀頭にまとわりつく。背すじが歓喜に震えた。

「お望み通りに、チンポを挿《い》れてやるぜ」

鼻息を荒くして、尾倉は腰を送った。ヌラつく狭道に、強《こわ》ばりが一気に侵入する。

「あああああーッ！」

里菜が弓なりになり、あらわな声をあげた。肉棒を受け入れた膣が、キュッと締まる。

彼女の中は、入り口近くの締めつけと、奥まったところの熱さが絶妙であった。こんなに気持ちいいものがこの世に存在していたのかと、創造主に感謝を捧げたい気分だ。

尾倉はすぐに高速のピストンに移行した。気遣うことなど何ひとつなく、ただ欲望と快感のままにペニスを出し挿れさせる。

「あうっ、ううう、はう、あああッ」

突きまくられ、里菜は全身をくねらせてよがった。これまでの尊大さが嘘のよう。犯される悦びに浸って、ひたすらに悶《もだ》え狂う。

「どうだ、いいか、いいんだろ？」

「うん、うん、はああ、すごい――」

まさに獣のようなセックス。たちまちふたりの肌に汗が滲む。

「あ、はあっ、あぅ、んぅ——」

尾倉の動きに同調して、里菜が喘ぐ。目を閉じて快楽に溺れる姿は、たまらなく色っぽい。

本能のまま滅多やたらに抽送していたものだから、たちまち尾倉は上昇した。

「よし、イクぞ。中にたっぷり出してやるからな」

「ああっ、ダメ。外に——」

「うるさい!」

すでに理性が消し飛んでいたものだから、後先のことなど関係ない。必死で逃れようとする里菜の胴を両手でしっかりと押さえ込み、尾倉は歓喜に蕩《とろ》ける腰を打ちつけた。

「うおぉ、出る」

めくるめく悦びに全身を痙攣させ、欲情の滾《たぎ》りのありったけを、彼女の膣奥に注ぎ込む。

「ああーん」

その瞬間、里菜はビクッ、ぴくっと四肢を震わせながら、なまめかしい喘ぎをこぼした。

からだを丸めた素っ裸の里菜がしゃくりあげているのに気づき、尾倉は我に返った。艶めくヒップの間から、白濁の液体がこぼれている。狼藉《ろうぜき》の証を目のあたりにして、さすがに蒼くなった。

(とんでもないことをしてしまった……)

レイプまがいに犯したばかりか、拒まれたのに中に射精したのだ。根が善良な尾倉は、自らのしでかしたことがわかってくるにつれ、激しい悔恨に苛まれた。

「あ、あの——」

いつもの気弱な人間に戻って、恐る恐る声をかける。こちらにゆっくりと顔を向けた里菜の、目もとが涙でぐしょ濡れなのを見て、いたたまれなさに胸が締めつけられた。

「す、すみません!」

尾倉は土下座して謝った。まったく、どうしてあんなことをしてしまったのか、自分でもわからない。

しかし、次の里菜の言葉は、彼をますます混乱させた。

「いいの……気にしないで」

「え?」

「あたしは、こうされるのを待ってたの」

顔をあげると、里菜は泣き顔に笑みを浮かべていた。

「あの、でも――」

「あなたには、牡の本性をむき出しにして、あたしに向かってきてほしかったの。それがあたしたちの漫才のオチなのよ。それまで何もできなかったあなたが、最後にあたしに反撃するの。それで観客は、本当に心から笑うことができるのよ」

「里菜さん――」

ずっと罵っていたのは、尾倉の鬱屈した思いを解放させ、男としてひと皮剝けさせるためだったのだ。そうと知って、胸がじんと熱くなる。

「それじゃ、コンビ解消っていうのは？」

「どうしてそんなことしなくちゃいけないのよ？　あなたはあたしにとって、大切なパートナーなんだから」

恥ずかしそうな笑顔に、尾倉はこらえ切れずに彼女ににじり寄った。助け起こし、柔らかな肉体をひっしと抱きしめる。

「ありがとう……がんばるから」

「期待してるわ」

ふたりは熱いくちづけを交わした。

【ある週刊誌の演芸評より】

先ごろデビューした新人の漫才コンビ、若い美人とうだつのあがらない中年男（実際は若いらしい）という組み合わせもさることながら、そのネタにも驚かされた。何しろ、これまでにないような毒舌漫才。しかも歯に衣着《きぬ》せぬ暴言を平然とまくしたてるのは、美女のほうなのだ。これを受けて右往左往する男のへたれっぷりが、観客の笑いを誘う。

ネタが進んだ後半、男のほうがとうとうブチ切れ、美女に反撃をする。その豹変《ひょうへん》ぶりも面白く、場内は大爆笑だった。

しかし、最後にはまた美女に逆襲され、男は情け容赦なく舞台から蹴り落とされるのである。やはり男は、女には勝てないのか。

花嫁の父

皆月亨介

著者・皆月亨介《みなづきこうすけ》
東京生まれ。一九九八年『母と娘　禁悦の誘惑』でデビュー。「鍵穴から覗いているような」雰囲気を信条に……。最新作は『母の秘密』（二見文庫）。

1

「花嫁の父か。きみがねぇ。式はいつ？」

久しぶりに会った横屋優作《よこやゆうさく》が笑うと、細く切れ込んでいる目尻に、以前になかった皺《しわ》が深く刻まれるようになった。

「来月。例のヴァージン・ロードというやつを娘と一緒に歩かされることになって、弱ってますよ」

丸山育男《まるやまいくお》は苦笑の浮かぶ口元へとグラスを運んだ。

「真理《まり》ちゃんっていったね、確か。幾《いく》つになったの？」

含んでいた酒を喉《のど》に流し、二三と答える。

横屋との関係が最も密だったのは真理の生まれる前だ。もう三〇年も昔のことになってしまった。

「どんな相手なの？」

苦笑の下の憮然《ぶぜん》たる表情を読みとったらしく、横屋はからかうように訊《たず》ねてきた。その気安い口調が、しかし育男には白々しく感じられ、すでにこの男との友情が形骸《けいがい》となっていることを改めて思い知らされる。

大学卒業後は違う会社に入ったが、互いに都内に住んでいたせいもあり、何かというと今夜のように酒を酌《く》み交わしたものだ。それが三年で中断したのは、横屋が東北の実家に戻り、家業を継ぐことになったからだった。

以来、付き合いはもっぱら年賀の挨拶状。そして電話。それもこの一〇年ほどは数年に一回という割合になっていたが。

「フリーのカメラマンをしているというんですよ。そんな仕事、なんだか危なっかしいなと心配したら、売れっ子で、将来はもっとすごくなると娘に断言されてね。まぁ、それはともかく、会ってみると案外といい青年で」

育男の脳裏《のうり》に、ソファにかしこまって座る戸越加弥夫《とごしかやお》の姿が蘇《よみがえ》ってくる。半年前のことだ。清潔そうな男だと感じ、これならと密かに胸を撫《な》で下ろした。加弥夫の抑制の利《き》いた喋《しゃべ》り方には品の良さが感じられた。敬語も正しく使うことができる。それでいて自由業らしい洒脱《しゃだつ》な雰囲気を、服装や物腰から漂わせていた。

「娘さん、洋服の仕事をしているそうだね」

「裁縫《さいほう》、というと叱《しか》られる。えーっと、モードか。その方面の学校を出てね、アパレルメーカーに就職して……。詳《くわ》しくは知らないが、ああいう企業はマスコミと関係が深いらしい。それで彼とも知り合ったようだ。もう退社をしてしまったが」

「……ふーん。今は家で花嫁修業かぁ」

横屋は関心が薄れたように、乾《かわ》いた声で意味もなく笑った。じき娘を嫁に出す育男に調子を合わせて声を弾《はず》ませているのだろう、なんとなく無理を感じる。

疲れているようだな。と、言おうとして、踏み込みすぎる質問だと育男はためらった。

横屋は採卵養鶏業を営んでいる。生き物が相手だから休みがあってないような仕事だと前に聞いた記憶があった。それなのに昨日から東京に来ていると、昼に突然電話をもらい驚かせられた。出し抜けだった。

育男は何の用事も詰まっていなかったが、旧友と再会することに伴《ともな》う緊張感や気分の揺らぎを想像して腰が重くなった。旧懐《きゅうかい》の情よりも、正直なところ億劫《おっくう》さが先にたった。

急に誘い出したにもかかわらず、横屋は東京に来た理由に関して言葉を濁《にご》す。仕事が行き詰まり、苦しい事情にあるのかもしれない。きっと、それに関した用件で出てきたのだろう――このカウンター席に腰を落としてから今までの、一時間あまりの間で、育男はそんな見当をつけた。

「あなたのところは男ばかりだったね。どの子か父親を継いでくれそうですか？」

仕事の話は避けようと思いながら、適当な話題が見付からなくて、ついそんなことを口にしてしまった。

「さぁ。うちはまだ高校生だからね。どうだか……。苦労の多い仕事だし、あまり勧めないけれど……」

やはり横屋の言葉や声には元気がなかった。

育男はそっと隣に座る男を盗み見た。

細く繊細な線の顔立ちの中で、摘《つま》んだような鼻先と、眉や睫《まつげ》毛が濃いのが印象に残る。

育男の視線に気づかないまま、横屋はタンブラーを口元で傾ける。中のブラッディ・マリーが、とろりと水平を描いた。この男は昔から、このトマトジュースをベースにした赤いカクテルが好きだった。

赤――しかし今、育男の脳裏に走った赤いもの――赤い水玉模様の、両脇でリボン結びにするショーツ。その片方がほどかれ、ヒップを被《おお》っていた布地は半分ほどがよじれて裏地を曝《さら》し、臀尻の片方を露出している。

それは艶《つや》やかに照り光る、丸々とした尻だった。

「えっ？」

育男の握るグラスの中で、氷が溶け崩れてカリンと硬質な音が響いた。

隣で横屋が怪訝《けげん》そうに笑っている。

「どうした。人のこと、やけに熱心に見て」

「いや、別に……。ただ――」

育男は急いで話題を探す。

「――あれはどういうものかね。結婚するというのに……。いや娘の奴が、いい歳《とし》をして、風呂上がりなどに、いまだにバスタオル一枚で家の中をほっつき歩いてね。父親の前でもあっけらかんとして。……なんだか、もう」

ついつい真理のことを口にしてしまった。

「いいんじゃないのか。男親を邪険《じゃけん》にするよりも、そのぐらい無邪気《むじゃき》なのが。可愛いじゃないか。ただ女親はどうなんだろうね、そういうときは」

横屋は最後の言葉を、どことなく言いにくそうに口にした。

育男もまた、言葉に詰まる。

「う、うん……」

「沙矢子《さやこ》さんは活け花の先生、まだやっているの？　彼女のお母さんは、ああ、そうか、前に喪中の葉書をもらったね」

「うん、義母《はは》は四年ほど前か……。沙矢子の方は、相変わらず出歩いてばかりだよ」

「女性は元気だ。目に浮かんでくるな」

横屋は声を出さずに笑っていた。

2

地下鉄を降りて一人になると、気が緩《ゆる》んだらしく、とたんに足元が怪しくなった。

少々はぐらかされた気分が残っている。差し迫った相談事を切り出されるのではと、話題の繋《つな》ぎ目になると身構えないでもなかったが、結局はとりとめのない話題に終始し、時間もだいぶ過ぎたからという雰囲気で、なんとなくお開きになってしまった。

夜風が気持ちよい。大通りをゆらりゆらりと歩いていると、背後から巨大な生き物の咆《ほう》哮《こう》を思わせるサイレンの音がして、数台の消防車が赤色灯を回転させながら猛スピードで通り過ぎていく。

その後は、嘘のような静けさが、蘇《よみがえ》った。

花嫁の父……。その言葉を思い出すと、渋いものが込み上げる。

仕事を辞《や》めてから、この半年間の娘は、外出がちな母親に代わってまめまめしく働き、今では一家の主婦のようだ。なのに、それが来月で途切《とぎ》れる。

「男親なんてつまらない」

勃然《ぼつぜん》となって、ひとり声を出してみた。

家事だけでない。誰にでもきちんとした挨拶ができる。朗《ほが》らかな性格も好ましい。親のひいき目もあるのかもしれないが、一人並みより少し上の容姿をしているだろう。

小学校高学年で、小柄な母親の背を追い抜くまでに成長し、胸はもちろん、腰やヒップの豊かさは中学に入ると俄然《がぜん》目立ちはじめた。

育男はその成長ぶりには気づかないふりをし、よその男の視線を密《ひそ》かに心配した。娘に見つめられると緊張するようになったのも、その頃だ。比較的密だった父娘関係は、親の方から身を引くようにして薄れた感がある。

真理は、結婚前にできた一人娘だ。

――実は遅れていて。

明かりを灯《とも》さない洗面所で、水の滴《したた》る手で口を被い、沙矢子は困惑したように乾いた声を出した。表の通りに積もった雪が街灯に反射して、その仄《ほの》かな光が洗面所の曇り硝子《ガラス》から差し込み、血の気を失った彼女の顔をいっそう青白く見せている。

二三年前、育男は仕事のために一年の予定で東京を離れ、地方暮らしを送っていた。それは初めての一人暮らしでもあり、生活には開放感が満ちていた。

沙矢子は月に一度は東京から泊まりがけで遊びに来たが、寒い時期はその頻度が高まった。恋人に会う他に、スキーが目的に加わるからだ。生まれも育ちも東京の彼女だが、ゲレンデを滑るのは大得意なのだ。

知り合ったのもスキー場だ。横屋も一緒だった。男二人は大学最後の冬休みにアルバイトをしに、沙矢子は女友達と会社の休暇を利用して遊びに来ていた。

そんな出会いから七年目の結婚。お腹《なか》の目立つ前にと冷や汗を掻《か》きながら済ませた式は、新郎には、甘い気分とはほど遠いものだった。

あの頃に比べれば――育男は苦笑を抑《おさ》えきれずに考える。結婚前に男性経験があるなど、あたりまえという時代の風潮だと。悪いと思わない。無意味な抑圧《よくあつ》があるより、よほど健全だろう。なのに真理のことになると、例外だった。

チャイムを押しても応答がないので、合い鍵で部屋に上がる。妻は実家へ父の世話をしに行き、泊まってくると言っていた。

ダイニングのテーブルに、一人前の食事が整えられ、綺麗《きれい》な布が掛けられていた。傍《かたわ》らには『おしながき』と、料理屋のメニューを真似た筆ペンの字で、並んでいる料理の名前が書かれた紙が添《そ》えられていた。娘のしわざだ。珍しく真理も出掛けているようだ。母親と一緒かもしれない。それとも……。

育男はいつもの習慣で風呂場へ向かった。帰宅が早かろうが遅かろうが、よほどのことがない限り、まずは風呂だった。

脱衣所で裸になると、浴室のドアを開きながら、もう片手でスイッチを押す。

浴室の蛍光灯が瞬《また》き、灯る。

育男の身は強張《こわば》った。容赦《ようしゃ》のない明るさの中、むせかえるような湯煙《ゆけむり》越しに、女の白い躰《からだ》がこちらに背を向けて立っている。裸だ。膝《ひざ》から下は湯に浸《つ》かり、浴槽の上の窓から夜の景色を見ている。腰が豊かなぶん、ウエストが絞り込んだように細く見える。厚みのある尻、張りつめた太腿《ふともも》の逞《たくま》しさ……。若い女の脂肪だけが作り出せる曲線の柔らかさと優美さが迫ってくる。

「……おお、すまない」

咄嗟《とっさ》に灯りを消した。濡れたタイルの床に一歩踏み出していたが、そのまま逆戻りをする――その時、

「見て。お父さん……火事よ」

裸身を父親に曝していることよりも、浴室の窓から見える火事の方が、真理には重大事らしい。

育男もついそちらへ目を向ける。住まいは集合住宅の七階だった。窓から遠近法を成して重なるように遠くまでビルディングが立ち並んでいるのが見える。そのなかの、遠いひ

とつの建物から火が出ていた。

大きな火災ではないが、ボヤとも言い難い。そこだけが昼のような明るさだ。炎はときおり風に煽《あお》られて、透き通った瑠璃《るり》色の夜空を舐《な》め、火の粉《こ》を舞い散らしている。

こうして見ると綺麗なものだった。

「不謹慎《ふきんしん》かな……。でも、すごくキレイ」

育男が無言でいると、ねっ、と、真理はいきなり振り向いた。切れ込んだ大きな目が、笑っているせいで半月型に細まり、そして、下瞼《したまぶた》が膨《ふく》らんだ。

「ねっ、なんだか生きているみたい。炎って不思議な感じ。見ているとドキドキする」

年甲斐《としがい》もない無邪気なことを言う娘に、育男は何と答えてよいのか困った。

「あぁ……。そういえばさっき、サイレンを鳴らした車が大通りを走ってたな」

とっさにタオルを持つ手を股間にあてがい、ずれた返事をすると、急いできびすを返す。

「躰を冷やすぞ。早く窓を閉めなさい。そんな格好のままだと誰かに見られる」

しかし真理は、父親の背中に向かって気軽な調子で声をかけてくる。

「大丈夫よ。そのために明かりを消してあるのだもの。だからお父さん、一緒に入ろう」

「…………」

娘は自分の言葉に何の不自然さも感じていないらしい。が、育男はそれを無邪気だと笑うことに抵抗を覚える。結婚を控え、すでに処女でもない女が口にする言葉としては違和感を拭《ぬぐ》えない。おまけに父親が入ってくることを見越して明かりを消したという印象さえ、思い過ごしだろうが育男は感じてしまう。

背後で湯の溢《あふ》れ流れる音がした。そっと振り返ると、薄闇の中、真理がこちらを向いて肩まで湯に浸《つか》っていた。彼女の頭上にある窓はまだ開いていて、火の粉舞う火事の光景が見える。

「お父さんこそ躰を冷やしちゃうじゃない。ちょうどお湯の色がこんなだし……。『乗鞍《のりくら》のいでゆ』っていう粉を入れたの。濁《にご》り加減がちょうどいいでしょう」

薄暗い浴室にたちこめる、温かな煙幕のような湯煙。その向こうで、真理のあらわな肩が円を描くように動きだす。湯の中を両腕で掻き回しているのだろう。乳《ち》色の波が、ほんのりと紅《べに》がにじんだように色づく胸元に当たり、しぶきを弾《はじ》いている。

横屋にこぼした——半《なか》ば自慢した——ように、娘が挑発的な態度をとるようになったのは、結婚が決まった半年前からだ。何を考えてのことなのかわからない。育男はそのつど毛穴から放電でもするような緊張を味わわされつつ、彼女が突きつけるものに気づかないふりをして退《しりぞ》けてきた。

けれど真理は、来月にはもういない。そう考えると、娘におびえる、その一方で今すぐに抱きすくめでもしないといけないような気持ちにもなってくる。

いくらか躊躇《ちゅうちょ》した挙げ句、育男は浴室の方へと歩みを進めた。

「来月には嫁に行くのに、こんな甘えん坊で大丈夫か。もう父親と一緒に風呂に入る歳でもないだろう」

緊張を悟られまいと、わざと間延びした口調を作った。

膝まで浸ると、派手な音をたてて湯が流れていく。それだけで、もう家庭用の浴槽の中に、真理と一緒に身を沈めるスペースは残されていない。もちろん互いに密着すれば別だが……。いくらなんでも、それはできない。してはいけない。

「おいおい、うちの風呂はふたりは無理だ」

育男はしかたなく洗い場に出ると、真理に背を向けるようにして浴槽の縁《へり》に腰掛けた。

そんな父親の態度がぎこちなかったのだろう、『ン、もう』と、真理は笑う。

「わたしを膝に抱っこして入ればふたりでも大丈夫なのに。……いいじゃない。ほんとうは娘じゃないんだから」

育男は息を呑《の》んだ。真理に向けた背が、みるみる強張るのを感じる。

――実家から遠くなる田舎《いなか》暮らしは嫌だ。何千羽の鶏《にわとり》を扱う仕事なんて怖い。沙矢子が横屋との結婚を取りやめた理由がそれだった。

横屋だって好んで会社を辞め、東北の片隅に引きこもろうというのではなかった。父親の急死がいけなかったのだ。

しかし沙矢子の方も一人娘で、母親が病弱だし、父親の世話も焼いてあげなくてはいけない。だから結婚してもすぐに駆けつけられる都内に居を構えたいという事情があった。

「ほ、ほんとうのって、おまえ何を……」

先の言葉が見付からない。育男はたまらなくなって真理の方へ躰を向けた。

「そうじゃないの？」

娘は横顔を見せて、湯面《ゆおもて》を見つめていた。女の子にしては濃い眉が目立つが、容貌を損《そこ》ねるようなものではなかった。

浴室の中は、窓から差し込む夜の街の様々な明かりが唯一の光源だが、目が慣れてきたせいか暗いとは感じない。むしろ塩梅《あんばい》のいい仄暗《ほのぐら》さが、浴槽からたちのぼる煙のような湯気の向こう、ぼんやりと発光するような娘の肩と首筋の白さを引き立てる。

匂い立つような女らしい情感。しかし育男はそんなものを無視し、厳《きび》しい声を出す。

「真理っ」

娘は顔を上げない。その頑《かたく》なさが、逆に父親への甘えを物語っているようでもある。

「わたし……結婚するの、やめようかな」

やがて、水滴の付着するタイルに、真理の沈んだ声が反響した。

「おいおい……また今度は、何を言い出す」

育男は慌《あわ》てた。

「あら、お父さん、心配なの？」

真理は湯面に顔を向けたまま声を出さずに笑った。父親を慌てさせることができて嬉しいらしい。

「あたりまえだ。戸越君と何かあったか？」

「何も……。そんなんじゃないの。お父さんのことが心配なだけ」

「心配？　何が？　おまえ今夜は変なことばかり言うな」

育男はとまどいを覚えた。

「だって、わたしがいなくなったら、お父さんは独りになっちゃうじゃない」

「独りじゃないさ。お母さんがいるだろう」

「嘘、いないじゃない」

真理は湯面を弾いてしぶきをたてた。

「お母さんなんかいつもいないじゃない。今夜もお父さんを放っておいて……。どうして庇《かば》うの？　そうやって昔からお母さんの我《わ》が儘《まま》を許してきたんでしょう？　お人好し」

拗《す》ねた子供みたいな、寂しげな声だった。

育男は思わず身を固くした。

遠く車道を走る車の音が、風に乗って開いた窓から入ってきた。火事はもう治まったのだろうか……。

「ねぇ。お父さん、この前の出張のとき、早い時間に一度帰ってきてたでしょう？」

真理が突然、そう切り出した。なぜ知っていると言いそうになって慌てて口をつぐむ。

あの日、確かに育男は予定よりずっと早く帰宅し、すぐに外に出て、数時間後に何気ない顔で家に舞い戻ったのだが……。

「あんなわたし、嫌だった？」

育男が言葉を失っていると、真理は心配そうに訊《き》いてきた。

床に尻を着け座る男の股間に、向き合うようにして座り込むポーズだった。両脚《あし》は男の腰を挟《はさ》みつけていた。つま先を反《そ》っくり返し、両腕で男の首筋にしがみついていた。

瑞々《みずみず》しく張り詰めた尻に食い込む加弥夫の指が、えくぼのような窪《くぼ》みを作り、真理は感電したように尻を弾《はず》ませていく。その半分は、赤い水玉の下着に隠されていた。広げた脚の間に男のものを見え隠れさせながら、腰を沈めるたびにアアッと、濁る声を漏らしていた。唇を貪《むさぼ》られると、それに応えるように豊満な乳房を押しつけて、相手を背後に倒していく。

真理は男の上になった。躰の芯を貫かれるうち、受虐《じゅぎゃく》的に歪《ゆが》んだ線の細い顔に、なんともいえない妖艶さが浮かんできた。

——一カ月ほど前の、偶然目にした記憶の断片だ。妻の旅行と出張の日程が重なった。幾晩も留守番では真理も心細いだろうと、無理をして予定を繰り上げたのがいけなかった。そっとドアから離れたつもりだが、まさか彼女もこちらに気づいていたとは思わなかった。

何か言わないといけない。でも言葉を選ばないと、さらに居心地《いごこち》悪くなる。

「戸越君とは結婚するんだから……なんとも思ってないさ」

真理は下唇をきつく嚙《か》み、身を浸《ひた》している白濁《はくだく》の湯を見つめていた。

「……噓っ」

やがて強い調子で言葉を放ち、尖《とが》った顎《あご》先を上げた。湯面の光の斑文《はんもん》を映す瞳が、真《ま》っ直《す》ぐ育男に向けられている。

「わたし、やっぱり結婚しない。お父さんとずっと一緒にいる。ねっ、いいでしょう」

育男の詰めた息は苦笑となって口から漏れた。彼女は手にしたタオルをさりげなく股間にやってから、口を開く。

「馬鹿なことを……。子供は、女の子はなおさらに、いつかは実家から離れるものだよ」

しかし真理は表情を変えず、目線も動かさない。育男はもう一度苦笑してみせる。それでも真理の瞳がひしっと自分を捕らえたままでいると、心臓の鼓動が高鳴った。それははるか遠く過去に置き忘れてきた鮮烈な感覚だ。

「でもお母さんはいまだに実家に入り浸りじゃない。だから――」

真理が身じろぎし、湯の中に温かな流動の帯が生まれた。溢れる湯は、浴槽の縁と、そこに腰を落としている育男の尻から腿《もも》の裏を舐めながら、タイルの床に広がっていく。

「――お父さんが可哀想。わたし……ほんとのお父さんじゃなくても好きよ。違うってわかったら、もっと好きになったの」

湯がしぶいた。強張る育男の背に、女らしい柔らかな体感がきつく密着してくる。

「お父さんが、ほんとうはいちばん好き」

湯船の中に立ち上がった真理に背後からしがみつかれていた。何者かの視線を感じて身が強張りそうだ。初めて知る。これが……背徳感だろうか。

「そんなことを言っては……戸越君に悪い」

離れなさい、という言葉は喉元まで出かかったが、口にはしなかった。

湯気と汗に湿る背に、性毛《にこげ》の膨らみが押しつけられる。生まれたてのひよこのような優しい感触が、逆に育男をぎくりとさせた。

「真理っ――」

彼は慌てて立ち上がり、娘の方を振り返る。

「お父さんも、わたしをぎゅって抱きしめないとだめ」

腕をほどかれて、真理は上目遣《うわめづか》いに育男を見上げてきた。薄闇の中でも彼女の目の端《はし》に潜《ひそ》む、甘ったれた媚《こび》が見分けられる。他の男にこんな目を向ければ腹が立つくせに、自分に向けられると、やはり嬉しい。だからうろたえる。湯の火照《ほて》りも手伝って、今にも血管の一本でも破れそうだ。

「なにが、だめだ。まったく」

すっかり平常心を失った育男は、緊張から逃れようと、あれほど敬遠していた湯船の中にざぶりと入った。しかしすぐ目の先に、濡れて黒々した羽毛《うもう》みたいな艶毛《つやげ》があり、彼は大慌てで回れ右をする。

「ねぇお父さん、あのとき……わたしを見て、ほんとうは、どう思ったの？」

すぐ育男の肩に真理の頭の重みがかかってきた。ひとつに縛《しば》った髪の、濡れた毛先が鎖骨のあたりにへばりつく。その感触に、背筋がぞわっと震えた。

「どうって……」

育男は鸚鵡《おうむ》返しに問い返した。しかし喋るどころではなかった。真理にしがみつかれた彼は、湯の中で姿勢を崩し、あぐら座りになってしまい、さらに、組んだ彼の脚の上に真理が後ろから身をすべりこませて横座りしてきた。

湯の中にあって、互いの皮膚は何の抵抗もなく擦《こす》れ合い、浮き上がりそうだ。真理の太腿らしき張り詰めた肉の曲線が、育男の下腹と片方の腰に強く触れている。

育男は身を固くし、微動だにすまいと息を殺した。太腿は湯の中で凝《しこ》ったように力み、徐々に育男の腰を挟みつけてくる。

息が詰まりそうだ。

浴槽の縁に真理の片腕が乗っていた。それは窓から差し込む夜景の光を浴びて、藍色をした薄闇の中で仄白く輝いている。浴槽の湯が皮脂によって弾かれ、細かい水滴が幾つものきらめきとなって皮膚を被っている。

育男は自分の腰を挟みつけてくる真理の太腿が、ますます張り詰めてくるように感じた。すると、なんだかたまらない気持ちになってしまい、発作的に彼女の背を抱いてしまう。

「ムッ」という、唸《うな》るような声が出た。真理も熱っぽい吐息を太く吐いていた。

あぐら座りの上に横座りする娘の上半身を捻《ひね》り、胸と胸とが合わさるように抱き寄せた。育男の胸に押しつけられて、乳房がたわんでいくのが感じられる。

「……ほんとに、大きくなったな」

つい誘われて、育男は手を伸ばした。目覚めたままで夢の中にいるようだ。尖《とが》った乳首を指の間に挟み、よじる。

「……ンッ、ウ」

真理は目を細め、半開きにした唇の隙間《すきま》から白い前歯と濡れる生赤い舌を覗かせながら、鼻にかかった甘え声を吐いた。

湯に浸かった乳首は熱を帯び、厚ぼったいゴムのような感触だ。潰《つぶ》しても潰しても弾き返してくる。育男は付け根から力任《まか》せに捻りあげてみた。

「ハンッ」

湯が音をたてて跳《は》ね返る。悲鳴に近い声を出しながら、真理はしがみついてきた。

肩をすくめ、眉根をきつく寄せ合わせている。への字にした唇を半開きにすると、しだいに泣きべその表情になっていく。それがまた疳《かん》の虫が騒いだときや、育男から叱られて泣きじゃくった幼い頃の顔とそっくりだ。

「痛かったの？」

育男は咄嗟に手を離し、幼女に接するように、頭を屈《かが》めて訊いてしまった。

「ううん、平気。……だからもう一回」

真理は父の手を掴み、自分の躰へと導《みちび》く。

彼女の臍《へそ》のあたりから脇腹を、湯圧を受けながら撫で上げていく。手の平に吸着してくるような瑞々しい肌の感触だ。

鼓動を打つ心臓や肺臓を閉じこめている肋骨《ろっこつ》も、脇腹の薄い肉越しに指先で探っていく。彼女の躰は小刻みに震えだし、湯が小さな音をたてて、表面にさざ波が生まれた。

「嬉しい。ずっと……こうして欲しかった」

真理は目を閉じたまま、熱っぽく口走ると、湯の中で上半身を伸び上がらせる。厚みのある乳輪に濃い影を落とす突き立った乳首が、湯気を透《す》かして現われる。ふたつの乳房の間は、まるで深い入り江のようだ。乳房、肩先、二の腕と、湯から出ている丸みを帯びた躰の各部位には光沢の帯《おび》が生まれ、魚体の表面のように妖《あや》しい輝きを放っている。

「ねぇ、……お父さん」

チャポっと湯の音がして、白濁湯の中から、さらに真理の片手が現われた。

育男は頭を抱え込まれると、肉の入り江に口元を引き寄せられた。

乗鞍の香りの混じる甘い体臭が、育男の鼻先にまとわりつく。唇にはゴムのような突起が擦れた。口を動かし、それを軽く弾いた。

「ふぁっ」

丸みのある声を漏《も》らしながら、真理は胸元をせり上げる。あらわな肩先は、みるみる粟《あわ》肌《はだ》に包まれていく。

ずいぶん感じやすいと、育男は少し驚いた。そう多くもないが、過去に経験した女達の、波打つような反応の高まりのそれぞれを思い返す。真理は群を抜いて過敏だった。

妙に得意な気持ちが頭をもたげてくる。

退廃的な歓《よろこ》びだ。そんな女と生涯切り離せない関係を、加弥夫よりも強い絆《きずな》をしっかり持っているという優越感。しかし、それも父という名の下《もと》に存在する関係だと思えば、やはり抵抗感は拭えない。一瞬でも関係した女の列に真理を並べた自分に嫌悪を催《もよお》す。

「真理……」

育男の思いとは反対に、唇の間に挟んだ乳頭は、みるみる固く凝っていく。

「アッ、ア。……んっ」

絞り出すような真理の声には遠慮がなくなっていく。さらに彼女は激しく身をよじり、湯を荒々しくしぶかせた。

真理の動きに浴槽の中が揺れ、育男の躰もそれに持って行かれるようだ。

「真理っ——」

重心を崩しそうになる、その刹那《せつな》、夢から覚めた。ふいに空恐ろしいものに捕らわれ、他の状況なら笑い出してしまいそうなほど甲走《かんばし》った声が出た。

「もう、お父さんは上がるぞ。おまえはゆっくりしてなさい」

もったいぶった声で今一瞬の取り乱しをごまかすと、育男は何かに操《あやつ》られるように湯の中に起立した。軽く前に手をあてがうと、薄闇に紛《まぎ》れるようにして娘に背中を見せ、浴室を出た。躰は火照り、のぼせきった頭の中は空洞になったようだ。まるで真っ暗な闇の広がる穴ぐらのような。

3

枕元のスタンドを残すと、他の明かりは全て消した。ベッドに横になって初めて、自分が何をしたのか自覚ができた。

……眠れない。掛布を巻き込むように、右へ左へ躰を反転させる——

その猜疑心《さいぎ》に育男が捕まったのは、真理が中学の頃か……。証拠があるわけではない。ただの疑心でしかない。

けれど真理本人も同じ思いを抱いていた。

「……お父さん」

耳元でささやかれている。いつの間にか寝入っていたらしい。

横向きに寝ていた躰の下から、巻き込んでいた掛布が引き抜かれた。

「こんな格好で……。風邪引いちゃうよ」

剝き出していた肩が掛布に被われた。しかし腰のあたりが妙に涼しい。裸の背中に部屋の空気が直接触れていた。

フフッと、軽い悪戯《いたずら》を企んだような、声にならない笑い声がして、真理が身を滑《すべ》らせてくる。育男の腰や脛《すね》に擦れる彼女の肌は、すべらかでいながら、こちらの皮膚に吸着してくるような粘り気がある。

どうやら裸か、それに近い格好らしい。瞬間、手を伸ばしたい衝動が走り、風呂場で味わったようなおびえが追いかけてくる。育男は新たな懊悩《おうのう》を振り払おうと、口を開くことにする。

「真理……どうして、そう思ったんだ?」

質問が唐突だったのだろう、えっ？　と、二呼吸ほどの間が空《あ》いたのち、真理はようやく何を聞かれたのか合点がいったようだ。

「……あぁ。それは卯よ。時々ね、送られてくるの。それでわかったの」


二年間、横屋と沙矢子は恋人だった。

横屋が田舎に帰るだの会社を辞めるだのと沙矢子と揉《も》めていた期間、思い詰めた彼女から、育男はよく相談に呼び出されもした。横屋がいなくなり、残った二人の距離が縮むのは、自然な成り行きだった。

育男は、沙矢子の理想どおりに都内に実家があり、次男坊だ。結婚を意識しはじめたとたんに東北への赴任《ふにん》が決まったのは皮肉だったが、一年間だけのことだ。旅行気分で遊びに行ける場所ができて、彼女は逆に独身最後の時間を楽しめたらしい。月に一、二回は必ず育男の元にやって来た。

あるとき、沙矢子が帰った翌日、彼女の家に何気なく連絡を入れた。すると、まだ旅行から帰ってきていないという。

思いがけず育男は身の細る思いというのを体験した。彼女は育男に告げていた予定より一日遅れで帰宅した。問いつめる電話の向こうから、近くだから横屋の養鶏場に寄ったのだと、悪びれもしない答えが返ってきた。

　次に沙矢子が遊びにやって来たとき、先に寄ってきたのと、横屋の所で産まれた卵を土産《みやげ》にして持ってきた。

「あいつに頼まれたのかい？」

「そうではないけれど……。美味《おい》しいの、彼の作った卵って。あなただってスーパーで大量に売っている黄身が盛り上がってない卵より、こっちがいいでしょう。彼、パッケージに自分の顔を載《の》せているのよ。これからは野菜でも卵でもこうなるんですって。顔の見える生産者っていう――」

　何を考えてるんだ。と、これが沙矢子に向かって声を荒らげた最初だった。さらにこのときは、危うく手を上げそうにもなり、やっとのことで自制した。

　間もなく育男は東京の本社に戻り、都会の生活と、そして結婚生活が始まった。

　今にしてみると、あの時、叩かないでよかった。逆算すれば、沙矢子はすでに孕《はら》んでいたことになるのだから。

「お母さんたら『この人、昔の恋人。お父さんも知ってる』って言ってた。わたしが高校の時よ。なんか嫌だった。それにお父さんのこと思うと、わたし――」

育男の背中に、真理の顔が押しつけられる。濡れた髪が冷たく貼りつき、鼻先と口から漏れる息が、生温かく皮膚を湿らせる。

だから父親のことが可哀想になったと言うのだろう。おまけにパッケージに載っている男の顔が、父親より母親よりも、自分と似ていて……。

「そんなことがあったのか。今まで誰にも言わずに……おまえもショックだったんだな」

真理が息を呑むのが伝わってきた。彼女も、やはりまだ確信には至ってなかったのかもしれない。さっきの湯の中での言葉は、疑うあまり鎌をかけたというところか。

ならば、今の父親の一言が、真理の胸の中で長いこと揺らいでいたものを台座にしっかりと据えてしまったに違いない。それが真理にとって良いことか悪いことかはわからない。

育男は、ずっと鬱積《うっせき》していたものを口にしたおかげで、何かが溶けていくようだった。

背後から、力むような声がする。

「わたしは、そんなこと平気だからね。ううん、その方がむしろ嬉しいんだから」

育男の肩に、湿った手がかかり、ゆっくり仰向《あおむ》けにさせられていく。育男は抵抗しなかった。とはいえ、幼女のような無邪気な甘えと、意識された扇情的な媚びが同居する娘の態度に、再び緊張を呼び覚まされる。けれど……。

「お父さんも……その方がいいでしょう?」

橙色のスタンドの明かりを背中に浴びた真理の、自分を覗き込む視線から逃げるように目を閉じると、口の中でつぶやく。あぁ、そうだよ、その方がいい、と。

——やがて、

「疲れているの?」

真理は右手を動かしながら、そっと吐息だけの声を育男の耳元に吹きかけてきた。

陰茎はまだ乾いていて、愛撫に合わせて衣擦《きぬず》れに似た微《かす》かな音をたてている。

唯一身につけていた下穿《したば》きは、真理に脛まで下ろされていた。育男は全裸だった。

胸の中は複雑だ。このままでは親子として過ごした二〇年を否定することになる。そんな危機感が、勃起力を萎《な》えさせているに違いない。娘の手の中のペニスは、なかなか固くならなかった。

「いいの。こうして、ずっとお父さんのをいじっているの、嬉しいから……」

傍らに横たわった娘は、澄んだ声であどけなく言い、さらに育男の股間に頰ずりをする。

皮脂で少し光る、桃色に上気した頰に亀頭が押し当たり、丸い頰を窪ませていく。その艶々とした肌に比べると、亀頭はやけに黒々と見える。

「あぁっ……」

さすがに熱いうねりが下腹部にせり上がる。腹の奥で火種《ひだね》が爆《は》ぜた。気がつくと、下腹部でゆるやかにうごめく頭をまさぐり、ひとつにまとめた長い髪を崩していた。

「……お父さぁん」

育男の手荒い行為に煽られたのか、真理は陰茎の付け根を握りしめると、それを垂直に起き上がらせた。

亀頭が、丸く開いた彼女の唇の向こうへと消えていった。

「……オォッ」

止める間もなかった。育男は腹を固くさせ、喉を絞るように喘《あえ》いでしまった。

真理の口の中で、温かな唾液の音が粘っこく響いている。陰茎や亀頭の裏側に、温かい舌が鞭《むち》のようにしなりながら擦りつけられた。

「大きくならなくてもいいの。こうしているのが嬉しい。こうしたいと思ってた」

真理はペニスを口から出し、激情に駆《か》られたように、真っ赤に火照った顔で口走った。

さらに身をよじり、『ハンッ』と、まるでこれから水に潜るように息を詰め、頬を膨らませる。そして再びペニスを口いっぱいに頬張《ほおば》っていく。

彼女は、そのまま激しく頭を揺さぶった。陰茎を締めつける厚みのある唇には、深い縦皺が幾本も刻まれていた。

「な、なんで……。お父さんと、こんなことしたいんだ……。なぁ？」

育男の股間から上目遣いの視線を投げかけつつ、彼女は頬張っていたものを口から抜く。

「だってぇ、お父さんとどうやって仲良くしたらいいのか、わからなかったんだもの……。あんなに仲良かったのに、中学生の頃から、お父さん、わたしを無視してたでしょう」

真理の顔はしだいに紅潮し、汗ばんでくる。

育男は胸が潰れそうになった。

「無視……。違う。違うよ。真理と一緒に過ごしてやりたいって、いつも思っていたんだ。でも仕事が忙しくて……。お父さんが一生懸命働いている間、勝手に大人になっちゃうのがいけないんだぞ」

まずは『仕事』、『忙しい』と口にするのが癖《くせ》になっている。なんて味気なかったんだ。今までの二三年なんて否定してもいいと、この瞬間育男は思った。

「あっ……。お父さん。固くなってきたわ」

しっかり絡む真理の指を押し広げるようにして、それは膨らんできた。

「ねぇ……いいでしょう？」

真理の瞳が怪しく煙《けぶ》る。彼女は返事を待たずに起き上がった。上半身は裸。唯一身につけている白地に黄色い水玉のショーツを下ろしてしまうと、彼女は父親の腰をまたぐように膝立ちをした。

ウエストから張り出す腰はすっかり成熟し、安定感に満ちて、美しいカーヴを描いている。太腿も、肉厚でいながら引き締まり、形がいい。艶のある火炎型の性毛は密度が薄いので、恥丘の形がくっきりと透けて見える。

真理は瞼も唇も半開きの、なかば呆《ほう》けた表情になると、股の真下で反っくり返っているペニスを握り、透きとおったもので濡れはじめる亀頭を、自らの性器の亀裂に潜らせる。

しっとりした窪みに到達すると、彼女は少し躊躇を見せ、やがて腰を揺すった。

すぐには入らない。

育男は薄目を開けて、娘のそこを見た。生赤い内側を見せて捲《まく》れた大陰唇。その縁に添《そ》えられた指先の、切り揃《そろ》えられた爪が、溢れ出る愛液で光っている。やがて少しずつ、それが迫ってきた。

「あっ、真っ……真理っ」

一瞬だが、女を知らない時期の、憧《あこが》れつつ怖れる気持ちがよぎった。育男は両腕を突き上げて、彼女の躰を押し留《とど》めようとした。

真理は、それを愛撫と受け取ったようだ。育男の両の指先を乳房に食い込ませたまま、上半身を倒してきた。ふっくらと厚い乳頭を育男の口元に優しく押しつけ、亀裂に亀頭を挟んだまま下半身を波打たせる。

「真理、真理……真理」

乳首を唇に挟みながら名前を口走った。挿入はまだだったが、彼女が動くたびに、すべらかな粘膜に亀頭が擦れる。アアッと、思わず声を漏らして、身をよじると、視界の隅に、隣の無人のベッドが映った。

急いで瞼を閉じる。そして唾液に濡れた声で、また名前を呼ぶ。

「真理……」

湿っぽい唇の間で、乳首がみるみる固く縮む。そんな反応に、育男は欲情を猛烈に掻きたてられる。

「もう……アァ、そんな赤ちゃんみたいに」

すでに娘でなくなった女の声が、甘く糸を引いてたゆたった。その瞬間、亀頭が熟《う》れた果肉に押し当たり、蜜《みつ》のようなものが満ちた温かな肉に、深々と埋もれていった。

サクラチル

渡辺やよい

著者・渡辺《わたなべ》やよい

一〇代で『花とゆめ』誌にデビューし、レディスコミック草創期から、過激な画風で第一線の活躍。近年は小説やエッセイも手がけ、二〇〇三年、「R―18文学賞」読者賞を受賞した。著書は小説集『そして俺は途方に暮れる』、自らの虐待体験に材を採る『てっぺんまでもうすぐ』など。

一

かこん

かすかな音に、祐也《ゆうや》は字面だけを追っていた参考書からぱっと顔を上げた。机の脇に置いた携帯を見ると、すでに真夜中の一時になろうとしている。この時間を待っていた。祐也は素早く立ち上がった。音をたてないように部屋のドアを開けて、暗い廊下に出る。素足に真冬の廊下がしんしんと冷たい。家族は寝静まっている。軋《きし》む階段を、ゆっくりと降りる。

かこん、ぱしゃっ

密やかな音は、一階の廊下のとっつきの浴室からだ。兄嫁が終い風呂に入っているのだ。

ゆっくりと近づくに連れ、祐也の動悸《どうき》が早まる。そろそろと脱衣所のドアノブを回し、首だけ差し入れて、浴室を覗《のぞ》く。すりガラスの向こう、湯気の中に、ぼんやりと白い女体のシルエットが浮かび上がっている。祐也は食い入るようにそれに見入った。シルエットがゆっくり跪《ひざまず》き、微かにこしこしとタオルでこする音がする。

（義姉《ねえ》さんが、今、股間を洗っているんだ）

階段を降りる時にはすでに半勃ちだった祐也のペニスが、どくん、と頂点まで充血しきる。かちかちになったそれはＧパンの中で痛いほどだ。思わず片手で押さえ付ける。

（あわてるな、まだまだ）

ざざっ、ぱしゃ
義姉《あね》が浴槽に身を沈めたようだ。

「ふぅう……」

義姉の深いため息が浴室の中で反響する。

ざざ、ばたん
義姉が、脱衣所に上がってくる。

（あ、もう出てくる、やばっ）

祐也は急いで首を引っ込め、ほんの数センチだけ、ドアを開けておく。覗くために。

もあもあと真っ白い湯気が脱衣所を満たし、それに包まれてしっとり濡れた義姉の裸身が現われる。

湯上がりでその白い肌が桃色に染まり、ゴムでまとめた長い黒髪が幾筋も濡れて乱れて細いうなじにまとわりついている。驚くほど量感のある乳房に大きめの肉色の乳輪。豊かな下腹部。股間の黒々と毛深い恥毛。むっちり脂肪ののった太股。ぱんと横に大きく張った尻。それらと対照的に、手足はほっそりと華奢《きゃしゃ》だ。

初めて義姉の裸身を見た時は、普段の地味な服装の上からでは想像もできない見事な量感に、十九歳の祐也は、あやうくその場で射精しそうになった。

最初は偶然だった。

真夜中、受験勉強に一息入れようと、階下のキッチンに行こうとして、浴室を使う音に気がついた。誰だろうと脱衣所のドアを開けた途端、風呂上がりの義姉とばったり遭遇してしまったのだ。義姉が軽い悲鳴を上げ、祐也はあわててドアを閉め、ドア越しに謝罪した。

それだけのことで、翌日から義姉はまったく気にしなかったように祐也に接した。しかし、祐也の脳裏《のうり》にはくっきり生々しく義姉の裸体が焼き付いてしまった。

それ以来、終い風呂に入る義姉の裸体を毎晩のように覗き見せずにはいられない。

義姉がパジャマに着替えはじめると、祐也は、急いで浴室の隣の納戸《なんど》のドアの内側にそっと身を隠す。義姉が浴室から出て、灯りを消して玄関に一番近い彼女の寝室に入るまで、祐也は真っ暗な納戸の中でどきどきしながら息を潜めている。再び家が静寂に包まれると、おもむろに納戸から出て浴室の中に入り、脱衣所の隅にある洗濯機の蓋《ふた》を開ける。

一番上に、義姉の脱いだ衣服がある。それを掻《か》き回して、ショーツを取り出す。今日一日、義姉が穿《は》いていたショーツ。今日は、綿のライトピンクだ。そっと顔を寄せ、匂いを嗅ぐ。中心の、かすかにクリーム色の分泌物が付着した部分の香りを思いきり吸い込む。つん、と雌《めす》の匂いがする。祐也はたまらず、Gパンのジッパーを下げ、勃ちっぱなしだった自分の肉茎を摑《つか》み出す。義姉のショーツに顔を寄せたまま、片手でその熱い男根をあやしはじめる。

(ああ、義姉さんのアソコはどうなっているんだろう?)

想像するだけで、こする右手に力がこもる。

(あの大きいおっぱい、兄貴にしゃぶられてでかくなったんだろうか?)

どくん、と硬い漲《みなぎ》りの血流が早まる。

(あのまあるい白いお尻に、後ろからぶち込んでみたい)

あっという間に怒張が爆発しそうになり、祐也はあわてて義姉のショーツで包み、思いきりしごく。

「あっ……」

びくびくと若竹が痙攣《けいれん》し、どうっと奔流《ほんりゅう》のように熱いスペルマが放出される。

「ふう……」

祐也は放心状態のまま、すべて義姉のショーツで拭《ふ》き取って、洗濯機に放り込む。

再びのろのろと暗い階段をひとり登って行く。

（だめだ、こんなんじゃ、だめだ。また浪人だ）

頭の隅で何度も警告する声がする。

「わかってるさ、そのくらい」

祐也はいらいらして、思わず声を出した。

二

「深雪《みゆき》さん、今日はお義父《とう》さんのショートステイですからね、送り迎え頼みますよ」

朝食のトーストをほおばりながら祐也の母が、キッチンからスクランブルエッグを運んで来た義姉に言う。

「わかってます、お義母《かあ》さま」

ぱたぱたひとり立ち働きながら義姉が答える。祐也は黙ってコーヒーを啜《すす》りながら、テレビのニュースに夢中な歯科医の父と、英字新聞を読みふけっている外資系キャリアウーマンの母を交互にちらちらと見る。

「祐也、あんた、来年は大丈夫でしょうね、井上家《いのうえ》から三流大学出をだすわけにはいきませんからね」

「わかってるって」

ちえっ、毎日口を開けば同じことを。

「あなた、時間」

「お」

両親がそろって立ち上がる。

「勉強がんばれよ」

おやじも言うことはこればっかりだ。

「いってらっしゃいませ。お気をつけて」

義姉が、あわてて玄関まで二人を見送りに行く。両親が出かけたあと、やっと義姉の朝食だ。ダイニングテーブルのはす向かいに腰を下ろした義姉に、祐也は声をかける。

「おふくろ、義姉さんのこと、こき使いすぎじゃない？　今日、じいさんのショートステイの日だろ？　義姉さん、どっか遊びに行っちゃえば？　俺、留守番しとくぜ」

「あら、あたしに優しいのは祐也クンだけね、ありがと」

義姉は、細面の顔を少し寄せてにっこり微笑んだ。祐也はどぎまぎしてうつむく。

「みゆきさん、みゆきさぁん、私のごはんはまだかねえ、みゆきさぁん！」

奥の和室でけたたましい声がする。今年八十歳になる祐也の祖父だ。

「はあい、おじいちゃん、今、いきまーす」

義姉はことさらのように明るい声で答えて立ち上がる。祖父の朝食はとっくに済んでいる。ぱたぱた小走りに出て行く義姉の後ろ姿。祐也はせつない思いで見送る。テーブルには、冷えていく義姉の朝食が手付かずのままだ。

（可哀想にな、義姉さん）

この家に深雪が兄嫁として来たのは五年前だ。

両親は、東大卒のエリートサラリーマンの長男が、行き付けの喫茶店のウェイトレスをしていた高卒の深雪との結婚を言い出した時、猛烈に反対した。兄は、美しく気立てのよい深雪との結婚を強引に押し通した。

最初の二年間は、それでも深雪と井上家の家族はうまくやっていた。しかし、同居している祖父に認知症の徴候が現われ、深雪が男の子を流産してからそれがおかしくなり始めた。兄に海外赴任が決まり、ボストンに行ってしまったきりになった一昨年からは、両親はあからさまに深雪をお手伝い代わりに扱うようになった。家事と認知症の進んだ祖父の世話を、すべて深雪に押しつけた。それでも、元来大人しい性格の深雪は、黙々とこなしている。

祐也は、この九つ年上の兄嫁が最初から好きだった。それはほのかな恋心から次第に膨《ふく》れ上がり、今では性欲まっさかりの年頃も手伝って、身も世もないほど狂おしいものになっていた。偶然彼女の裸身を目撃してからは、いけないと思いつつも覗き見やショーツを使ったオナニーを止められなかった。

「おじいちゃん、ショートステイ行かないって、言い張ってるのよ、どうしよう」

戻って来た義姉が、困りきって祐也に言う。

「しょうがねえなぁ、言い出すときかねえんだよな。義姉さん、いいよ、将棋でも与えとけば、一人でやってるから」

「でも、このごろ何でも口に入れちゃうの、将棋のコマも食べちゃいそうで」

「みゆきさん、みゆきさぁん、一緒にテレビみようよぉ」

大声で祖父ががなる。

義姉はため息をついて立ち上がり、祐也にテーブルの上のランチボックスを指差して、

「祐也クン、それ、予備校のお昼ね。いってらっしゃい」

「うん……」

結局義姉は、朝食を食べ損《そこ》ねた。祐也はほろ苦い思いで、予備校に出かけた。

三

「ユーヤ、帰りにカフオケいかなーい？」

同じクラスの亜梨沙《ありさ》が、予備校の廊下で声をかけてきた。さらさらの茶パツに真冬でもマイクロミニ、すらりとした足に濃い茶色のハーフブーツが良く似合っている。

「うーん、今日は、パス」

祐也は目を伏せて答える。

先日、亜梨沙とカラオケに行き、勢いでキスからペッティングにまで進んだものの、祐也のペニスは全く勃たず、情けない思いで帰って来たのだ。

祐也はまだ童貞だった。

エリートの両親に、エリートコースに乗せられて高校まで来たものの、自分が両親の望む道にはとうてい行けそうもないことがこのごろ分かって来た。勉強ばかりして、女の子と遊ぶこともして来なかった祐也はあせっていた。亜梨沙が自分に好意を持っていることを知っていて、事におよぼうとしたのにダメだったことが、相当ショックだった。

「えー……あのさぁ、こないだのことなら、亜梨沙、ぜんぜん気にしてないって。気分転換に歌うだけでいいじゃん」

亜梨沙の心遣《こころづか》いが、かえって癇《かん》にさわった。

「今日は、もう帰るよ。まじ風邪みたい」

突き放すようにそう言って、予備校を後にした。

木枯らしが吹きすさぶ街を首をすくめて駅まで歩いていると、自分のうつろな心まで吹き飛びそうな気がした。


玄関には義姉の普段履《ば》きがあった。

外出しなかったらしい。

キッチンに行こうとして祖父の部屋の前を通りかかると、ひっかくようにかすれた女性のうめき声が聞こえた。ぎくりとした。

「あ……あ、おじいちゃん……」

義姉だ。泣きそうな声だ。

祖父がいじわるなことでも言って泣かせているのだろうか。ふたたびすすり泣き。

「はぁ……気持ちいい……」

祐也は立ち尽くした。震える指でふすまに手をかけて、そっと五センチほど引く。

敷きっぱなしの布団の上に、義姉が大の字に横たわっていた。白いブラウスの前が開き、薄いブルーのブラジャーからたわわで白桃のような乳房がまろび出ていた。ブルーグレーのスカートが腰までまくれ上がり、真っ白い下半身がむき出しになっていた。祖父が浴衣《ゆかた》姿でこっちに背中を向けて、義姉の股間に顔を埋めていた。

祐也は頭から音を立てて血の気が引いて行くのが分かった。

ぴちゃぴちゃぴちゃ

淫猥《いんわい》な音が、祖父の口元からもれる。祖父は皺《しわ》だらけの両手で義姉の髀肉《ひだにく》を押し広げ、赤い舌を大きく伸ばしてうまそうに音を立てて吸い付いている。いつもは青白い義姉の頬《ほお》が紅潮して、うっすら額《ひたい》には汗がにじみ、微《かす》かに眉をしかめて目を閉じたまま、形の良い唇からは時折赤い舌がちろちろのぞき、うめき声がこぼれ続ける。

「ああっ、だめぇ、おじいちゃん、そこ、だめなのぉ」

「みゆきさんのおま○こ、うまいよぉ、お豆もおいしいよぉぉ、おつゆもいいよぉ」

祖父は幼い子供のように繰り返し、顔中を愛液と唾液でべとべとにさせながらクンニを続ける。

「ああん、いやん、ああ、いい、いい、どうしよう、いいのぉ」

義姉の声のトーンが高まる。

ちゅばっちゅばっ。祖父は痩《や》せた身体のどこにそんなエネルギーがあるのかと驚くほどの勢いで、舌を動かし吸いつきこじりしゃぶる。

「あああっ」

義姉が首をいやいやと振る。

「いやあん、イっちゃうぅ」

その瞬間、義姉が気配を察したのかふっと目を開けた。

祐也と目が合った。

愕然とした義姉の表情。

ばちん。祐也は音を立ててふすまを締め切った。

どんどんどんと、音を荒らげて階段を上がる。

頭ががんがんして、まぶたの奥がつーんと痛くなった。ばーんと自分の部屋のドアを叩き付けて、ベッドに崩れ落ちるように倒れこんだ。

どうっと熱い涙が溢《あふ》れて来た。止まらない。

ちくしょう、汚い、汚い、と、何度も心の中で叫んだ。

「祐也クン、祐也クン」

義姉がドアをこつこつとノックした。祐也は泣きじゃくりながら聞こえない振りをした。

「お願い、開けて、祐也クン！」

義姉が悲痛な声を出した。

祐也はのっそり立ち上がり、ドアの鍵を外した。

服装を正して真っ青な顔をした義姉が立っていた。彼女は祐也の涙を見ると、はっとしたように一歩下がったが、意を決したように部屋の中に入って来た。

「話を、聞いてちょうだい」

祐也はこぶしで涙を乱暴にぬぐい、無愛想に言った。

「なにを聞けって？　じいちゃんとセックスしてましたって？」

「……ああすると、おじいちゃん、落ち着いてよく寝てくださるの。最初、いきなり襲われた時はショックだったけど。でも、もうおじいちゃん、ぜんぜん使い物にならないのよ。触ったり舐めたりするだけ。それでも、おじいちゃん、『ありがたい、ありがたい、極楽じゃ』って、泣いて喜んでくれて」

「なんだよ、美談かよ。ボランティア気取り？　健気《けなげ》なお嫁さんのふりして、汚ねえことしやがって」

祐也が吐き出すように言うと、さっと義姉の顔色が変わった。義姉は伏せていた顔をあげると、きっと祐也を睨《にら》み付けた。

「毎晩、あたしのお風呂を覗いたり、あたしのショーツでオナニーしたりするのは、汚くないっていうの⁉」

今度は祐也が顔色を変える番だった。

祐也は真っ赤になった。

「し、知って……」

「知ってたわよ！　なによ、このうちは、あたしをなんだと思っているの？　このうちの奴隷？　あたしは、あたしは……」

みるみる義姉の目に涙が溢れ、肌理《きめ》の細かいピンク色の頬をぽろぽろと珠《たま》のようにこぼれて行った。

「夫があっちに行っちゃって、もう二年も、二年も抱かれていなくて……毎日毎日寂しくて……」

ううっと顔をおおって、義姉は部屋を飛び出して行った。ぱたぱたと階段をかけおりる音を、祐也は呆然と聞いていた。初めて聞く、義姉の血を吐くような本音だった。

四

「今日、どうもあたし具合が悪いんです。おじいちゃんを臨時のショートステイにお連れして、半日お休みいただいていいですか？」

翌朝、義姉が両親に申し出た。

母親はあからさまに顔をしかめた。

「あらぁ、ショートステイだってお金がかかるのよぉ。深雪さん、丈夫が取り柄じゃない」

「あたしは倒れるまで働けってことですか？」

いつになく強い態度の義姉に、両親は少し度胆《どぎも》を抜かれたようだ。なにか言おうとする母に、父がおもねるように言った。

「そうだね、君も少し休みなさい」

祐也は終始うつむいたまま黙々と食事を平らげた。義姉も祐也に一瞥《いちべつ》もくれなかった。

家を出て、予備校に向かう電車に揺られながら、祐也は義姉のことを考え続けた。

（あたしはこの家の奴隷？）

彼女の叫びが頭を離れない。

このうちに嫁に来て、いちども文句も言わずなまけたこともない義姉。どういう思いで祖父の世話や家事をこなしてきたのかと思うと、胸が痛んだ。

祐也は途中下車して、駅のホームで電話をした。

「井上でございます」

いつもの落ち着いた義姉の声。

「あの、僕だけど……」

「なんですか?」

声が氷のように冷たくなる。祐也はびびりながらも思い切って続けた。

「映画、見ない?」

「え?」

「本当は具合なんか悪くないんでしょ、僕今、新宿の近くなんだ。出ておいでよ。たまには遊ぼうよ」

「…………」

「アルタの辺りで待ってる」

「…………」

言うだけ言うと義姉の返事を待たずに、電話を切った。

祐也は新宿に出て、アルタ前のガードレールによりかかってぼんやり立っていた。千歳《ちとせ》船橋《ふなばし》の家から、身支度して出てくるまでに一時間として、二時間ぐらいは待ってみよう。来ても来なくても、待ってみよう。そう思った。

黒いウールのショートコートにオノホワイトのミニスカート、ワイン色のロングブーツという服装で義姉が現われたのは、かっきり四十分後だった。綺麗に化粧をした義姉のすらりとした姿は、人込みの中でも一目で分かった。義姉は、祐也の姿を見つけると、片手を軽く上げて小走りで寄って来た。少し上気した顔で祐也を見上げる。ふうわりと、香水のいい匂いがする。祐也はすっかり照れてしまう。

「やっぱり仮病だ」

「そうよ、ずる休み」

義姉は、白い歯を見せて笑った。

並んで人込みをコマ劇場方向に歩きながら、祐也は義姉に尋ねた。

「なに見たい？」

義姉はひと呼吸置いてから、少し恥ずかしそうに答えた。

「あのね、一度、見てみたくて……」

「なに？」

「ペ・ヨンジュンの映画……」

「げ、まじ？　義姉さん、ヨン様ファンだったの？」

「やだ、大声ださないでよぉ」

義姉は真っ赤になった。その横顔を、祐也はかわいい、と思った。

映画はべたべたの恋愛もので、祐也にはげっぷが出そうだったが、隣の席の義姉がハンカチでしきりに鼻をかみながら食い入るように画面に見入っているのがうれしかった。

劇場を出て近場のスターバックスで腰を落ち着けてからも、義姉はしばらくすすり泣きが止まらず、

「すごくよかったわ、すごくよかった」

と、何度も繰り返した。ようやく落ち着いて、モカキャラメルのストローを思いきり吸い上げると、祐也にまだ赤い目でにっこりと笑いかけた。

「ありがと、ホント楽しかった。こんなうきうきしたのすっごく久しぶり」

祐也は答えることができなかった。

泣いたり笑ったり恥じらったり、くるくる万華鏡《まんげきょう》のように表情が変わる義姉。こんな彼女を初めて知った。そして、普段うちで義姉がいかに抑圧されているか、改めて知る思い

だった。

　店を出て、歩き始めると、ふっと義姉が、

「寒い」

　と、腕をからめて来た。自分のひじに義姉のふっくらしたバストがコート越しに当たり、祐也は鼓動が早まるのを感じた。二人でしばらく無言で歩いてから、祐也はそっと言った。

「どうする？　帰る？」

「……」

「義姉さん」

「……あそこ、入ろう」

　祐也は義姉が指差した路地を見て、心臓が飛び上がった。ラブホテル街。

　足がすくみそうになる祐也の腕をぎゅっとつかんで、義姉は引きずるように路地に入り、一番手前のラブホテルの中に連れ込んだ。

　祐也が立ちすくんでいると、義姉は無言で部屋を選びキーを取り、隅のエレベーターに祐也を押し込むようにして一緒に乗り込んだ。

　部屋に入るまでどちらも口をきかなかった。祐也の耳の奥がどくんどくん大きな音をたていた。

五

部屋の中は、一面鏡張りなことをのぞけばシンプルなビジネスホテルのようだった。

義姉が黙ってコートとブーツを脱ぎ、オフホワイトのVネックセーターと同色のウールのミニスカート姿で祐也に近づいてくる。祐也の目は、そのセーターを大きく盛り上げている胸元に釘付けになる。義姉の目が心なしか潤《うる》んでいる。義姉の白い手が伸びて来て、祐也のコートのボタンを外しはじめる。祐也はあわててその手を押さえ付ける。

「義姉さん……！」

義姉はまばたきもせず祐也をじっと見つめ、

「したいんでしょう？　祐也クン」

「したいけど、でも、ダメだよ、義姉さん……僕」

「なに？」

祐也はうつむいてつぶやいた。

「僕、女の人としたことない……」

義姉がにっこり微笑《ほほえ》んだ。祐也の手をそっとはずし、コートを脱がせると、ゆっくり両手を祐也の腰に回して来た。ふくよかな義姉の下腹部がぴったり自分の下半身に密着して、たちまちペニスが充血してきた。

義姉は上背《うわぜい》のある祐也に、背伸びするように顔を近づけ、軽く唇を寄せた。ぷっくりと生温かい感触。軽くついばむようなキスを繰り返してから、突然強く唇が押し付けられたかと思うと、強張《こわば》った祐也の唇を割って、ぬるりと義姉の舌が滑り込んで来た。

（あッ）と思っているうちに、その舌はまるで別の生き物のようにちろちろくねくねと祐也の口の中を縦横無尽《じゅうおうむじん》に動き回り、畏縮《いしゅく》している彼の舌を捕らえ絡《から》み付いて来た。とろとろと義姉の甘い唾液が流れ込んでくる。祐也の身体が、突然ロックが解除されたように動きだした。祐也はぎゅうっと義姉の細腰を抱き締め、ぴたりと唇を重ね合わせきつく彼女の舌を吸い上げた。

「んん」

義姉が小さく呻《うめ》き息が荒くなった。祐也はがつがつとむさぼるように義姉の口腔を味わった。股間がはちきれそうに膨れ上がっていた。

義姉は舌を絡ませたまま、右手をゆっくり祐也のズボンの前に這《は》わせ、その膨らみを弄《もてあそ》ぶように手の平でなでさすった。

「もう、こんなに……」

義姉はそっと唇を外すと、ゆるゆると膝を折り跪いた。両手で優しくGパンのジッパーを開くと、トランクスの中からすでに天井を指して高々と反りかえっている男根を解放した。ひんやりした細い指が、熱い若茎に絡み付く。赤黒く浮いた血管がびくびくした。

「すごい、鉄みたい」

義姉が熱い吐息と共につぶやいた。次の瞬間、祐也のペニスはぱくりと熱くぬめる義姉の口腔に包まれた。

「あッ」

祐也は思わず声を上げてしまった。

義姉はすっと唇を離すと、髪をかき上げながら祐也を見上げ、

「しゃぶらせて」

と、濡れた目つきで囁《ささや》いた。

その表情は祐也が今まで見たことないほど妖しく扇情的だった。

義姉は紅い唇を大きく開き、再び祐也のモノを口に含んだ。

肉幹をゆっくりと口腔で弓なりにすべらせ、喉の奥まで飲み込んで行く。しなやかな指が竿《さお》の根元に絡み付き、きゅっきゅっとしごく。いったん奥まで飲み込んでから、今度は

熱い唾液をまぶしながらちゅぷちゅぷと音を立てて顔を前後に動かして行く。唇を丸め、ソフトに包み込みながら、舌の腹で裏筋にそって巧みに愛撫して行く。股間全体にじんじん痺《しび》れるような快感が広がる。

「ああ、義姉さん、すごい、気持ちいいよ、ううっ」

祐也はうっとりと目を閉じ、両手で股間の義姉の柔らかな髪の毛をまさぐった。

「あふん、ううん、うむぅ」

義姉は顔を揺すりながら、くすぐるような鼻息とともにひっきりなしに淫猥な声で呻く。

若竿をしゃぶるだけではなく、その先端のカリ首の裂け目を舌でこねたり、ちゅぶちゅぶと卑猥な音をたてて肉幹全体を舐め回したりする。その多様な動きに、祐也は目が眩《くら》みそうな快感があとからあとから襲って来て、すぐに耐え切れなくなった。義姉の頭をそっと押さえて、懇願した。

「ダメ、義姉さん、僕、終わっちゃうよ」

「いいの、出して」

義姉は顔を上げ、唾液と淫汁で淫靡《いんび》にぬらつく口元を喘《あえ》がせながら、ため息のように囁いた。そして再び祐也の股間に顔を沈めてくる。男茎を包み込む唇に力がこもり、ピッチが上がってくる。みるみる祐也の肉胴の血流が上がり、ぐん、と膨らんでくる。

「う、うう、も、もう、出ちゃうよ、ああ、出ちゃうよ」

祐也が切羽《せっぱ》詰まって呻いた。

「んむっ、うむううん」

義姉の息遣《いきづか》いも一段と艶っぽくなる。

ぴゅるん、と、激しい勢いで最初の一撃が義姉の喉の奥に発射された。

「ああっ」

祐也が切なく叫んだ。

びくびくと昂《たかぶ》りが痙攣《けいれん》を始め、続いてどうっと、熱い粘液の塊《かたまり》が噴出された。ごく、と、義姉の白い喉元が上下し、その若い樹液を嚥下《えんか》していく。

「ん、んんん」

あとからあとから湧き出るおびただしい迸《ほとばし》りを、義姉は飲み込んで行く。びくん、と、最後の痙攣が終わり、祐也は深々とため息をついた。

最後の一滴まで飲み干した義姉は、息を喘がせながら唇を離した。その指はまだ弾力を失ったペニスに絡み付いたままだ。義姉は目もとを妖艶に紅く染めて、小さく笑った。

「全部飲んじゃった」

「ご、ごめん、僕……」

興奮が波のように引いて行くと、祐也はひとりイってしまった後ろめたさでおろおろした。義姉が、おもむろに立ち上がる。そのまま手を交差させてすっぽりとセーターを捲《まく》り上げた。白い繊細なレースに包まれた巨乳が、ぽろん、とまろびでた。高々と持ち上げられた白い腋の下に、黒々と生えている腋毛がこの上なく淫猥だった。続けて義姉はスカートを外し、これまた白いレースのショーツ姿になった。ブラジャーの肩紐を下ろしホックを後ろ手に外すと、ふわりと白い蝶のようにそれは足元に落ちた。ぷるん、と、生乳が目の前にさらされた。青白い血管が透いて見えるほど白い丘の頂《いただき》に大きめの肉色の乳輪、そしてその中央にぷっくりと硬く尖《とが》った乳首がそそり立つ。義姉がショーツを脱ごうと身をかがめると、ぶるん、とその乳房が釣り鐘のように垂れ下がった。素早く両足を抜き取ったショーツを、義姉はぽとりとブラジャーの上に落とし、生まれたままの姿で祐也の目の前に立った。

今まで風呂場で覗き見するだけだった憧れの裸体が、わずか三十センチのところに熱く息づいている。まっすぐ祐也を見つめながら、義姉は命じた。

「脱ぎなさい」

祐也は、あわてて服を脱いだ。お互い全裸で向き合う。義姉がゆっくり近づいてくる。

祐也の胸に両手を置いて、そのまま押して行く。背後にはベッドがあった。くたりと祐也がベッドに尻をつけると、義姉はその膝にまたがるように座り、両手を祐也の首に回してそっと熱い頬を寄せて来た。祐也の首筋に柔らかな唇を這わせ、耳元で囁く。

「抱いて」

「で、でも、僕さっき……」

密着する義姉の、思いのほかの女体の重量と肉感に、祐也はめまいがしそうだった。

「もう、できるじゃない」

はっと股間を見やると、そこにはすでに勢いを取り戻しそそり立つ陰茎があった。

二人はどちらからともなく、抱き合ってベッドに崩れ落ちた。

六

祐也は、仰向けになってゆったり小山のように広がった義姉《あね》の乳房に手を置いた。つきたての餅《もち》のようにふわふわ柔らかく指がめり込んで行く。両掌で包み込むようにまろやかな肉丘を愛撫《あいぶ》した。

「ああ……」

義姉が甘い吐息を漏らした。そろそろと紅い乳首を指の腹で転がしてみる。たちどころにそれは硬くしこり始めた。

「ね、ね、しゃぶって、おっぱい、舐めて」

義姉が子供のように甘えた声を出す。

祐也は言われるがまま、顔を寄せて尖った乳首をねろりと舌でねぶった。

「ああん」

義姉の声のトーンが上がって行く。

祐也は夢中になって、両乳房に音を立てて吸い付いた。唾液をまぶして、乳首をちゅうちゅう吸い上げたり乳頭に舌を這わせてくりくりこねたりする度《たび》に、義姉は息を荒らげ全身をくねらせて喘いだ。

「ああ、ああん、気持ちいい、おっぱい気持ちいい」

祐也は乳首にこりこり歯を立てながら、右手を義姉の脇腹から下腹部へ滑らして、そっと豊かな茂みを指で探ってみた。つやつやした若草の奥に、幾重《いくえ》にも重なった肉門があり、その扉をめくり上げて指を滑り込ませてみると、ぬるりと熱い襞の連なりに包み込まれた。ずぽりと二本指を深く突き立ててみると、

「あっ」

と、義姉が声をたて、きゅん、と、肉襞が収縮して指を締め付ける。

祐也はゆっくりぬぷぬぷとその指を抜き差しした。

「あ、ああ、あ」

敏感な反応が起こる度、じゅくじゅくと淫襞の奥から愛液が溢れ出て来て、祐也の指ばかりでなく義姉の股間から太股までぐっしょり濡らした。祐也は、義姉の耳の後ろにぎこちなく舌を這わせながら囁いた。

「見ても、いい？」

義姉がこくんとうなずいた。

祐也は身を起こすと、両手でそっと義姉の太股を押し開き、肉門をかき分けて押し開いた。息を飲んだ。深紅の花唇が大きくくつろげられ、つやつやと光るサーモンピンクの肉裂がすっかり覗けた。その上部に、丸く膨れたクリトリスが頭をのぞかせ、ぴくぴくと震えている。生まれて初めて見る神秘の花園に、祐也はうっとりと見とれた。

「いやあん、そんなに見ないで」

義姉が両手で顔を覆う。しかし口とは裏腹に、秘肉の奥からはあとからあとから淫靡な恥汁がにじみ出てくる。義姉が身をよじる度、肉襞がひくひくと収縮する。祐也は思わず、唇を寄せてしゃぶりついた。

「ああうん」

義姉は激しく反応した、ぷるぷると胸の双丘が揺れた。祐也は、祖父が義姉の股間に顔を埋めていたシーンを思い出した。

舌を大きく伸ばして、秘裂の内側に這い回らせた。ざらりと二枚の肉ビラを舐め上げ、肉層に沿《そ》って丹念にしゃぶって行く。

「ああん、だめ、あああん、いやんいやん」

義姉の喘ぎ声がみるみる高まっていく。

祐也は小さな真珠のようなクリトリスを摘《つま》み上げると、舌で皮包をめくりあげて肉芽をつついた。

「はああっ」

義姉が大きくのけ反《ぞ》った。そのまま敏感な突起をれろれろと舐めまわすと、それは硬く勃《た》ちあがり大きく充血した。淫肉の合わせ目の奥から、どうっと生温かい愛液が吐き出される。それを吸い上げると、塩辛いような酸《す》っぱいような猥雑な味がした。

「あああん、許して、そこ、弱いのぉ、あん、しびれちゃう」

義姉の両手が降りて来て、祐也の頭をどかせようとする。祐也はかまわず肉芽に歯を立て、軽く揺さぶった。

「はああっ、あああ、あくぅん」

びくん、と義姉の腰に軽い痙攣が走った。次の瞬間、くにゃりと力が抜ける。

「ああ、ああ……」

祐也は身を起こすと、肩で息をして喘いでいる義姉の身体を押さえ付けて、自分の硬い昂りを握りしめここぞと思う女の中心部に狙いを付け、淫裂から一気にぐぶりと押し入った。

「あああっ！」

義姉が悲鳴を上げた。

祐也はずっぽりと根元まで押し込むと、動かずそのまま義姉の感触を味わった。身を寄せて義姉に囁く。

「入ったよ、義姉さんの中。すごく熱い」

それからおもむろに肉襞をぐりぐり擦《こす》りあげるようにして抽送を開始した。

「あうっ、ああうぅ」

義姉の白い裸体が激しくのけ反る。

祐也の腰の動きに合わせて、ぷるんぷるんと豊かな乳丘が左右に揺れた。思わずその乳房を片手で摑んで揉《も》みしだいてやる。

初めての女体の中。わやわやと深い肉層がペニスを包み込み、リズムに合わせて肉幹に絡み付き締め付ける。

「ああ、気持ちいい、気持ちいいよ。義姉さんのおま○こ、すごく気持ちいいよ」

熱に浮かされたようにつぶやきながら力強くシャフトを繰り出す。

「ああ、すごい、すごい、こわれちゃう、そんなにされたら、こわれちゃうわぁ」

義姉が切羽詰まったように叫び声を上げる。

「許して、祐也クン、もう許してぇ」

「だめだ、もっとしてやる、ほら、ほら」

ずずんと一段と激しく腰を突き出してやる。媚肉がはじけてぬちゃぬちゃと卑猥な音をたてる。祐也は目を凝《こ》らして、結合部を覗き込んだ。

ぐっしょりと濡れそぼった秘唇を大きく割って、自分の太竿がぐっさりと突き刺さっている。ピストン運動を繰り返す度、内側の花肉がねっとり絡み付いて収縮する。

「あぁん、当たるぅ、祐也クンのおちん○んが当たるのぉ、すごいすごいすごいぃ」

追い詰められた義姉は、もう羞恥心のかけらもなく、枕に髪をばらばら振り乱し、快楽の酒に酔いしれて絶叫する。

ぐん、と秘腔が緊縮して、きゅうんと祐也の肉竿を締め付ける。

「いやいやいやいや、ああ、いや、もうだめ、だめ、ああ、だめよぉ、イっちゃう、イっちゃう」

きりきりに媚肉に締め上げられて、祐也の剛棒も限界に上りつめる。

「義姉さん、僕もイきそうだ、義姉さん、イって、イって」

義姉のすらりとした足が、蔓《つた》のように祐也の尻に巻き付いた。

「うっ、うあああああぁー」

義姉が絶叫と共にエクスタシーを極《きわ》めた。

次の瞬間、祐也は腰を引き抜いて、間一髪、義姉の汗まみれの腹の上にどくどくと白濁した若い欲情を吐き出した。

七

「すてきだったわ……」

二人大の字でベッドに横たわったまま、義姉が小さくつぶやいた。

「ごめん、義姉さん、僕……」

義姉がほっそりした指で、祐也の口を押さえた。

「あと、一時間四十分」

「え……？」

「おじいちゃまのお迎えに行かなくちゃ」

義姉はゆっくり身を起こし四つん這いになり、そのたっぷり豊かな双臀を祐也の目の前に突き出した。

「ぎりぎりまで、して、して、お願い」

真っ白い臀部《でんぶ》がぷりぷりと揺れる。

祐也も起き上がって、硬度を回復しつつある男根を握って、肉祠の入り口に亀頭を押し当てた。

「うんと、しよう」

「して」

両手で丸まるとした臀肉を摑んで、ぐっと腰を沈める。

「あうん」

甘い媚声。

祐也の肉刀は、みるみる義姉の肉鞘の中に呑み込まれて行った。

祖父が心不全で息を引き取ったのは、翌週のことだった。

一月後《ひとつき》、義姉は兄のいるボストンに向け一人飛び立っていった。祐也の両親がさんざん嫌みを言ったが、義姉は揺るがなかった。

祐也はその年の受験にも失敗した。

そして両親に、自分の実力相応の大学へ行くのだと、きっぱりと宣言した。

予期せぬ初夜

北山悦史

著者・北山悦史《きたやまえつし》

一九四五年、北海道生まれ。山形大学文理学部中退。八九年に「官能小説大賞」、九三年に「日本文芸家クラブ大賞」、九八年に「報知新聞社賞」を各受賞。独特の官能世界は、ファンの絶大な支持を得ている。二見書房「マドンナメイト文庫」を中心に、著書多数。

1

気持ちよく晴れた六月の宵《よい》――。

都会の空に、色濃い上弦《じょうげん》の弓張《ゆみは》り月が出ている。見るからに力強い張りだ。

(いや、月が力強いわけじゃないな。月はいつもおんなじ。おれの今の主観で、そんなふうに見えているにすぎない)

ケアセンターから出て、人影の少ない道を表通りに向かって歩きながら、東芳樹《あずまよしき》は当然のその思いにひとりうなずいた。

だが、主観にかかわりのない物理的な感覚が、今、左腕の外側にある。

高沢結衣《たかさわゆい》の温もりだった。

いつもは、いかにも学究者然《がっきゅうしゃぜん》とした隙《すき》のない表情をしている彼女も、どこか人間味にあふれた柔らかさを漂わせている。

温もりは濃厚に感じているのに、結衣の腕が自分の腕に触わりそうで触わらないのが、どこかもどかしく、くすぐったくもある。

しかし芝居を打つのはもう終わったのだから、病院を出た今、自分たちは大学院教授とその研究室の助手という、普段の関係に戻ったわけだ。それ以上でも、以下でもない。

（しかし、この子に頼んでよかった）

ケアセンターに入居している母が口にした言葉が、一種の昂奮《こうふん》と限りない安堵《あんど》感とともに、また、思い出された。

「メガネがよくお似合いの、かわいい娘さんね」

半白の短髪を、今日は珍しくきれいに撫《な》でつけていた母の多恵子《たえこ》は、小玉の透明フレームのメガネをかけている結衣に、目を細めてそう言った。

「そうですか。お母さんにそう言っていただけて、嬉しいです。わたし、すっごい近視なんですよ」

結衣はフレームにそっと指を添え、長くしなやかな髪をジャケットの肩にさらさらと滑らせて、可憐《かれん》に頭を下げた。

二人のやり取りを見ながら、信じられないタイミングと、信じられない光景だと、芳樹は感動すら覚えていた。

四月に七十五歳になった母は今、息子である芳樹を息子と、めったに認めることがない。認知症がひどくなり、芳樹一人では面倒を見ることもできずに、やむなく去年、ここに入居させた。

なるべく自宅から近い施設をと、同じ練馬《ねりま》のここに決め、週に三回は来るようにしているが、症状は悪くなる一方で、芳樹を芳樹と認めるのは、二週間に一度あればいいほうだ。

ほとんどの場合、芳樹は施設の関係者として見られ、他人に対する言葉づかいでしか話しかけてもらえず、むなしく帰ってくるばかりだ。

部屋は廊下からバリアフリーの八畳間で、四畳分の畳も敷いてある。備品も整い、常にきれいに整頓《せいとん》されてもいて、その点では申し分ない。

しかし、だからこそ芳樹がすることは何もなく、他人としてしか見られないこともあって、いたたまれなさと悲しさを味わうためにに行くようなものでもある。

それだけに、たった一人の肉親である母が覚醒《かくせい》状態に戻ったときは嬉しさもひとしおなのだが、今この瞬間が過ぎてしまうと思うと、暗澹《あんたん》たる気分になる。そして事実、五分とせずに、女手一つで自分を育ててくれた母は、知らない人となっていく。

そんな、まれな覚醒状態時の母が、ここ三、四カ月前から口にするようになってきたことがある。

母の口から初めてそれを聞いたとき、母はそんなことを考えていたのかと、意外というよりは衝撃だった。そして、覚醒状態での言葉なのだから、本心だろうと思わないわけにもいかなかった。

「早くお嫁さんの顔が見たいねえ」

息子を息子として認識していた母が、ぽつりと、そう言ったのだった。

母は、畳に座った腿《もも》をおおっている灰色のスカートをつまんでは引っ張るという動作を、繰り返し、していた。それを見ながら芳樹は、耳を疑っていた。

母がそんなことを口にしたことはなかった。何十年と変わらなかった状態が母にとっても望みなのだろうと、芳樹は思いつづけてきた。

父は、芳樹が小学二年のときに病死した。それ以来、母子の生活になったが、母は郵便局に勤めていて生活に困ることはなく、芳樹の学業だけを楽しみにしていた。

芳樹自身、勉強は大好きだったので、自分のためと母を喜ばす意味でも、机に向かう生活を送った。小学校のときからだ。

机に向かうことを自己証明のように感じてもいて、毎日が充実していた。満点のテストを母に見せるのが日常と化し、そしてそれは、点数が若干下がっても、中学、高校とつづいた。

大学は、第一志望の、埼玉《さいたま》にある城北国際《じょうほくこくさい》大学に入った。インド哲学をやりたかった。その大学に高名なインド哲学者がいて、著作を何冊も読んでいた。

もう一人、授業を受けてみたい教授が大阪の大学にいたが、そこは受けなかった。母を一人にして行くことはできなかった。埼玉なら、自宅から通うことができた。

自宅と大学の往復は、それ以来、実に三十年になる。大学院に進み、修士《しゅうし》課程、博士《はくし》課程と修了し、そのまま大学に残って、教鞭《きょうべん》を執ることになった。

三十三歳で助教授になり、教授になったのは三十七歳のとき。そして現在は、城北国際大学大学院哲学研究科インド哲学教室で、研究と後進の指導に当たっている。

芳樹が助教授になった年に母は郵便局を定年退職し、芳樹がさらに上のポストに就くのを楽しみにしていた。そして四年後、教授に昇格したときは、二人で祝宴を持った。

その間、ただの一度として、母が芳樹の結婚のことを口にしたことはなかった。そのことは、芳樹が教授という目標のポストに就いてからも、同じだった。

退職した母は、今までにもまして芳樹の世話焼きにいそしんだ。いや、いそしむことができると、それを楽しみにしていたのだろう。

しかし実際問題として、息子一人、それも外で汗水して働くことのない芳樹の世話など、することはないに等しい。

長年の勤めをやめたこと、そして急に、すべき仕事がなくなったこと、おそらくそんなことが重なって、働くことが少なくなった母の脳は、徐々に侵されはじめていたのだろう。

母の言動で、芳樹がふと、おかしい、と感じるようになったのは、教授生活も板についた四十過ぎのことだった。

どんなケースでもそうなのだろうが、初めは、母が何か勘違いをしたかなとでもいう、軽い違和感を覚えた。しかし痴呆《ちほう》の始まりなどとは、夢にも思わなかった。

母はまだ六十半ばでもあり、今や一般的になっている病気ではあっても、自分や家族とはかかわりのないものと受け流していた、ということもあるだろう。

（あれ？）

と思うことは、その後、幾度もあったが、健常者でも物忘れや言い間違い、聞き間違いは日常、いくらでもある。だから、さして気にすることもなかった。

衝撃は突然やってきた。

「あのー……」

ある日、いつものように帰宅した芳樹に、母は不審そうに首をかしげて、言った。

「失礼ですが、どちらさまで……」

「…………」

芳樹は言葉をなくして立ち尽くしていた。

四十四年間という人生が木《こ》っ端《ぱ》微塵《みじん》に吹き飛んでいく、という感覚に襲われていた。

(これが、あれなのか……)

むろん、話には聞いていた。しかしそれは、自分の身に降りかかるものではないはずだった。

「母さん、ただいま」

はっきりとした発音で、芳樹は言った。大きな声で言っているつもりだったが、声は上ずり、震えてさえいた。

「あら、お帰り。お風呂《ふろ》、沸《わ》いてるわよ」

いつもの表情、いつもの口調で、母は言った。

それがかえって、ゾッとした。

2

個々人の違いが大きいのだろうが、恐怖のどん底の「どちらさま」は、初めのころは、二カ月に一度くらいだった。それから確実な進行を示して、月に一度というペースになった。

自分が結婚という通常の生活パターンを踏襲《とうしゅう》し、家には嫁がいて孫もいてという状況なら事情が変わったかもという思いも、はかない幻想にすぎない。

一昨年《おととし》、芳樹が四十六になったときからは、介護《かいご》センターの世話を頼んでもいたのだが、芳樹を認知することがまれになり、昨年、意を決したのだった。そして、数カ月前の「お嫁さん」発言。

母は、母一人子一人の生活を楽しんでいたのではなかったか。自分たちの間に他人が入ってくることなど、許せなかったのではないか。

四十八になった今も芳樹が独身だということは、芳樹自身の事情だ。自分は研究に没頭《ぼっとう》することが何よりも優先で、それ以外に頭が回りもしない。

そのことを、母は喜んでいたのではなかったか。息子は自分一人のもの。その息子はよその女に見向きもしないから、自分は幸せだ、と。

しかし、お嫁さん発言は、その後も繰《く》り返された。きまって、母の覚醒時だった。心の奥で、母は、家に嫁が来ること、孫の顔を見ることを、望んでいたのだ。

それを知っても、手の打ちようはなかった。恋人と呼べる女性は一人もいない。ましてや誰かを自分の妻になど、雲をつかむような話だ。

と、折につけ思ってきた芳樹だったが、母が覚醒するのはまれ。日常は、どこかわからない世界に住んでいる。

ならば、芳樹の〝結婚生活〟あるいは〝嫁の存在〟は、継続している必要はないのだ。母が覚醒したときに、「この女が嫁だ」と、瞬時、示せれば、事は足りる。

まれではあっても、時にこの世に戻ってくる母に、「嫁」を見せてやりたいと、芳樹は熱くなった。それが、自分をここまで育て上げてくれた母への、最後の恩返しになるのではないか。

母が、月に一度でも覚醒しているうちに……。芳樹は熱くなった。母が喜ぶ顔を想像すると、いても立ってもいられない思いになった。

だが、候補の女は、どう調達する？　自分が声をかけて、すぐに応じてくる女など、いるわけもない。学部や大学院の学生に声をかけでもしたら、即、首が飛ぶ。

どこかのモデルプールのようなところに当たってみようか、と思案しながら、学生たちが少なくなった頃合いを見計らって、芳樹は昼食をとりに学生食堂に行った。

今日のことだ。食堂は思った以上に閑散《かんさん》としていた。何を食べようかと思いながらふと見ると、隅《すみ》のほうのテーブルに着いて、高沢結衣が一人でランチを食べていた。

（高沢さんなら……）

別に結衣を低く見ているわけではない。だが、ひらめきというか、熱い衝動が起きた。

今、一番親しく話ができる女性、ということは、もちろん頭にあった。

食べ物を注文するのもそっちのけにして、芳樹は結衣のところに行った。まわりには、誰もいなかった。

「あ、先生」

ランチメニューも残り少なくなった食器から顔を上げて、結衣が会釈《えしやく》した。

「あの、ちょっと、いいですか」

言葉が硬《かた》いのを自覚しながら椅子を引き、同意を待って、芳樹は結衣の向かいに腰を下ろした。

強い近視のメガネをかけた結衣が手を止め、フレームから飛び出しそうに大きな目で芳樹を見ている。かまわず食べるようにと、芳樹は身振りで示した。

「先生は……?」

「ああ、あとで」

「……………」

何か? と、芳樹のことを察したように結衣は小首をかしげた。上まできっちりとボタンをかけたクリーム色のシャツの肩を、わずかに茶に染めた長い髪が、さらさらと流れた。

「……うん」

芳樹は、顔を落とした。

頼んでいいものか。セクハラまがいのことであるのは、間違いない。まがい、どころではないか。しかし、背に腹は替えられない思いだった。

失礼なのは重々承知。学内倫理委員会での処罰《しょばつ》の対象になることは百も承知なのだがと断ってから、芳樹は話を切り出した。

「お嫁さん役ですか」

それでなくても大きい目を裂けるかというほど剝《む》き開いて、叫ぶように結衣は言った。

「ちょっ、ちょっ……」

狼狽《ろうばい》して芳樹は両手で制し、あたりを見回した。幸い、食事しているものたちの耳には入らなかったようだった。

「はい、いいですけど。でも、わたしみたいなので、役に立つんですか」

「立つも立たないも」

声をひそめて了承の返事をした結衣に、嬉しさが昂《こう》じて、芳樹のほうが大きい声を出してしまった。

しかし、結衣が口にした自分のようなものでもという言葉には、結衣なりの心情があるのだとは、思えた。

高沢結衣は、八王子《はちおうじ》にある大学で大学院に進み、修士課程を修了してそのまま残っていたが、去年、助手として芳樹の研究室に来た。今年、二十九になる。

八王子のアパートも引き払って、こちらの大学近くのワンルームマンションに住んでいる。実家は北海道の帯広《おびひろ》近くで酪農《らくのう》をしているらしい。

今度のことを結衣に頼もうと思った芳樹が、結衣を女として低く見ているわけではないと自分に言い訳したのと、結衣が、自分のようなものでもと言ったこととには、同根のものがあっただろう。

来年には三十になるという結衣には、およそ、女っぽさ、というものがなかった。不美人とか、そういう意味合いではない。歳相応の華《はな》やかさがない、という意味だ。

芳樹が長いあいだ学問に没頭し、それこそが自分の存在理由としてきたのと同様、結衣にも、机に向かうことだけが生き甲斐《がい》、という雰囲気がある。

色恋沙汰《いろこいざた》に耽《ふけ》ったり悩んだりという、普通の女の子たちの最大の関心事とは最も対極にあるふうの女なのだ。

そんな結衣だから、無下《むげ》に断られるかもとも思ったし、そうなったら、今後、気まずいことになることもありうると、頼んでいる最中の頭で、芳樹は思った。

それが二つ返事なので、むしろ芳樹は驚いた。

「本当に、お嫁さん役。そんな顔をしてくれてるだけでいいです」

「お嫁さんの顔って、どんな顔かわかりませんけどぉ」

もう食べる気もなくしてしまったか、箸《はし》をおいて結衣は笑った。

思わず笑いを返してしまいそうな、いや、実際、そうしてしまったが、何とも明るく、包容力とでもいうものが感じられる笑顔だった。

この一年間、結衣のそんな顔を見たことがなかった。学究者然とした顔は仮面だったのかと、勘ぐりたくなるほどだった。

とにかくほっとしながら、芳樹は言った。

「それで、一回でおしまいとは、いかないかもしれないんですよ。なんたって母は、いつ普通に戻るか、わからないんでね」

「かまいません。わたしなりに、先生の奥さんか恋人のふりをしてます。奥さんと恋人と、どっちがいいでしょう」

「う〜ん。どっちがいいだろ。わたしにはどっちもいないんで、区別がつかないし」

「奥さんは、すでに妻なんですから落ち着いた感じで、恋人は、まだこれからというわけですから、ちょっと浮わついた感じでしょうか」

「あはは。浮わついた、ね」

「といっても、わたしも、どっちもわかりませんけどぉ」

この十年間、陽に当たったこともないかという白い顔をしている結衣が、目のまわりと頬を、うっすらと染めた。それは、本心とでもいうものだろう。

「高沢さんにおまかせしますよ」

「お母さんが、その……普通に戻られない場合は、戻られるまで……？」

「……こういうこと、そうそう何度も頼めないですけどねえ」

「いえ。かまいません。それで先生に喜んでいただけるのでしたら、わたし、何回でもやります」

白い顔を染めた桜色が、色を濃くした。メガネが、いつになく艶《なま》めかしく映えている。

「ありがたい。感謝感謝。恩に着ます」

テーブルに両手をついて芳樹は頭を下げた。食器の向こうのクリーム色のシャツの胸の膨《ふく》らみが、その存在感がいっそう強調されて、目に入ってきた。

3

表通りは、やや下り坂になっている。背の低いビル群の上の月を右に見て、芳樹たちは歩いていった。

午後八時に少し間のある時刻だった。ケアセンターの前の道路と違って、交通量は多い。歩道も、サラリーマンや学生風の人間が繁《しげ》く行き交《か》っている。すれ違ったり追い越していったりするものとの接触を避ける結衣の腕や腰が、ときおり触れてくる。

事情は芳樹も同様だったが、芳樹はかなうかぎり、結衣の体には触れないように気をつけていた。すでに、〝他人〟なのだ。

一分も歩けば坂は終わり、地下鉄の駅がある。自宅に向かう芳樹と埼玉に戻る結衣は、逆方向になる。

そこで別れてしまうのかと、芳樹は一抹《いちまつ》の淋《さび》しさを覚えた。今は、家に帰れば母がいた去年までとは違う。研究が自分の人生と割り切っていても、侘《わび》しさを否定することはできない。

「あ、そうそう。お礼のことは何も話してなかったですね」

とっかかりを思いつき、芳樹は内心、手を打たんばかりになった。

「そんな、お礼なんていいですよぉ」

自己主張するように、結衣が芳樹のほうを向いた。

腕と腕が、触れ合った。先ほどからのことがあり、芳樹はひどく意識したが、結衣はそんなふうでもない。

というより、結衣は接触に気づいていないようでもある。あるいは、気にしていないといったほうがいいだろうか。

「いや、引き受けづらいことを引き受けてくれたのですから、お礼をするのは当然です」

芳樹はそこでいったん言葉を切り、地下鉄に乗る前にどこかで食事でもと言おうとした。自分も一人だが結衣も一人なのだ。

「あの、わたしの仕事はこれで終わりですか」

「まあ、母が偶然《ぐうぜん》覚醒して、喜んでもくれたし。お疲れさまでした」

と答え、本当にあれは偶然中の偶然だったと、芳樹は思った。

「お母様、一回で満足しますでしょうか」

「…………」

それは母に訊いてみないことにはわからないと、芳樹は自分の胸に言った。

「先生は、もう満足なんですか」

どこか詰問《きつもん》調に結衣が言った。腕と腕が、強く押し当たった。

(何という柔らかさなんだ)

芳樹は驚嘆《きょうたん》した。ただ柔らかいというのではない。とびきりの弾力というものがある。色恋沙汰には無縁でも、そこはやはり二十九歳の女なのだ。

「満足以上ですね。まさか母があんなふうに喜んでくれるとは、思ってもみなかったですから」

「わたしの役目は、もう終わったということですか」

「…………」

芳樹は首を曲げ、結衣を見下ろした。執拗《しつよう》に思えた。研究者向きの性格というものだろうか。

「今も、先生の妻か恋人のつもりをしていては、いけませんか」

「今も……？」

「そういうのって、迷惑ですか」

見上げる結衣の目には、「女」が感じられた。「生身の人間」といってもいいかもしれない。そして、それを感じた瞬間、焼けるほど熱い感情が胸に湧《わ》き出すのを、芳樹は覚えた。

「迷惑なはず、ないでしょ。もともとはわたしが高沢さんに、こんな変なことをお願いしたんですし」

「変なんかじゃ、ありません」

メガネのレンズに、上弦の月が映った。レンズはすぐに切り替わって、結衣の瞳を真正面に見せた。生々《なまなま》しく潤《うる》んでいる。

「もう少し、先生の奥さんか彼女でいて、いいですか。だめですか」

「だめ、なんていうこと、あるわけがないでしょ」

体が勝手に泣き叫んでいるように、胸がわなないている。痛いほど、苦しかった。

「じゃあ、わたしがこういうことをしても、先生は迷惑ではありませんか」

そう言って結衣は、左腕に右腕をからめてきた。

腕に、乳房が押し当たった。芳樹は天にも昇る気分になったが、女はそんなふうには感じないものなのか、乳房のことに関しては、結衣は無視しているように見える。

「もちろん」

と答えてから芳樹は、〝迷惑〟というのは、腕をからめてきたことなのか、乳房を腕に押しつけていることなのかと、思考が揺れた。

「もっとでも、いいですか。今日の夜、ずっと……」

「……………」

言葉の途中から結衣は声を小さくし、詰まらせもしたが、芳樹は言葉そのものをなくしていた。

(今日の夜、ずっと？　おれの妻か恋人役を？)

めくるめく速さでその思いが頭を回っている。

「だめならだめと、言ってください。そうしたらわたし、あきらめます」

「……………」

芳樹は信じられない気持ちで結衣を見下ろした。結衣は自分に、愛を告白しているのだろうか。

「ね、先生、いいですか。先生は、お独《ひと》りなんですよね」

はた目も気にせず結衣は芳樹の腕を抱き込んだ。双乳の谷間に、腕は丸ごと収容された。手は、ふっくらとしたおなかに当たっている。押せば、秘密の部位に触れる位置だった。

学問のこと以外に興味はないというふうだった結衣は、突然脱皮したかのように積極性を見せた。

今のこの状況は手放さないとでもいわんばかりに、地下鉄に乗っているときも、降りてから家まで五分の道でも、一貫して芳樹の腕を取り、手を握ったりしていた。

一年と少しの付き合いの助手に愛を告白された形の芳樹は芳樹で、雲の上でも歩いている気分だった。

これから自分たちが、まねであろうが芝居であろうが、男女のことをすることになるのは、明々白々《めいめいはくはく》。それも、自分のベッドで。

地下鉄に乗り込む前からそれは明らかだったので、どこかで食事をするなどという思いは、消し飛んでいた。

食べるものぐらいは、冷蔵庫に入っているだろう。ビールもワインもある。必要なら、あとでどこかに買いに行けばいい。

それどころではなかった。するのだ。男と、女のことを。

結衣は、経験しているのか。二十九年間、男のことなど、考えたこともないのではないか。

今から結衣は、事実として、自分の妻になるのか。明日からは、研究室への往復を二人一緒にすることになるのか。

雲の上を歩くというより、空で足を空回りさせている気分のまま、家に着いた。

「先生が開けてくれたら、わたし、先に入りますね」

玄関を開けようとした芳樹に、結衣が言った。先に入るというのは、自分の帰宅を、妻である結衣が迎えに出るという意味なのだろうか。

芳樹はドアを開けた。結衣が体を滑らせて入った。中の電気は、むろんついていない。芳樹がスイッチの場所を言おうとすると、結衣が手を差し伸べてきた。誘われるようにして、芳樹は入った。

「あなた、お帰りなさい」

「あ、あ、ただいま」

芝居とはいえ、目がくらみそうになった。明日からこれが、現実となるのか。

「あなた、がいいですか。名前を呼んだほうがいいですか」

「え……あ……どっちがいいだろ」

足が空で空回りしている感じだったのが、今度は頭がそうなっている。自分の頭が明晰《めいせき》でないことが、信じられない。四十八年間の人生で、こんなことがあっただろうか。今の母が、こんな感じなのだろうか。

「芳樹さん」

「え」

「芳樹さんと呼んでもいいですか」

「ああ、いいです」

「いいよ、と言ってください。芳樹さんは夫なんですから」

「いいよ」

「わたしも、普通の夫婦みたいなしゃべり方をしていいですか」

「うん、いいよ」

目が、くらんだ。悦《よろこ》びや嬉しさというものとは違うが異質というのでもない感情に、心が席巻《せっけん》されている。

「じゃ、あたしのこと、結衣って呼んでちょうだい」

「……結衣」

「あん。芳樹さん、お・か・え・り」

暗い中で結衣は甘えた声を出し、首にすがりつくなり、口づけしてきた。

4

芳樹以外に人が上がったことのないベッドで、もつれ合いながら互いに服を脱がせていった。

今日のようなことが起こるとは、考えもしなかった。ベッドは汚れきっているから別に布団を敷くと芳樹は言ったのだったが、どんなものでも共有するのが夫婦というものではないかと、結衣は逆に主張した。

ジャケット、シャツ、ブラジャー。震える手で芳樹は結衣を裸に剝《む》いていった。きめ細かくつき立ての餅のような双乳はたわわに実り、淡い桜色の乳首を可憐《かれん》に突き勃《た》たせている。

(裸だ……)

自分も同じようにされていることも半ば頭になく、芳樹は結衣の生肌に見入った。

ベッドに上がる前に、結衣はメガネをはずした。そのこともあるのか、長い髪を裸の肩に滑らせる結衣は別人のように美麗に見える。

腹の奥底で、轟《とどろ》きに似た体反応が起きている。女の部分をまだ目にしてもいないのに、肉茎は、自分でも信じられない雄々《おお》しさにきばり勃っている。

芳樹が結衣の秘部を露《あらわ》にする前に、結衣が芳樹の屹立を暴いた。

「男の人って、口でされるの、好きなんですよね。あら、間違った。好きなのよね」

自分で言い出した言葉づかいの間違いを正し、ピンクのショーツ一つになった結衣は大胆にも、開いた芳樹の股間に顔を伏せた。

「あの、いいです。風呂にも入ってないんだし」

「いいです、じゃないでしょ」

メガネのない目で芳樹を見上げて、結衣は甘く叱った。

「あ、いいよ、そんなことは。風呂に入ってないんだし」

「だぁめ」

言うなり結衣は肉幹を拝み持つと、赤々と艶光りして張り詰めた亀頭を、左回りにゆっくり舐《な》めた。

随喜《ずいき》の感覚が肉幹の総身を焼いた。

「うっ……!」

芳樹は、結衣の肩に両手をあてがってのけぞり、こらえようもなく呻《うめ》いた。

長く突き出された舌が、逆回りに移動した。

亀頭が溶ける感覚が起こった。蟻《あり》の門渡《とわた》りと肛門に、火が往復した。

「ぐっ、あ……高沢さん」

結衣と言うのだったと、言ってから芳樹は気がついた。そのことでは結衣は責めもせず、肉幹の裏べりの、付け根から亀頭下部まで、舌を這わせた。

舐め上げられる部位に追随して尿道が発火し、亀頭の先から先走り液がこぼれ出た。

「高沢……結衣……そんな、に……してくれなくても……」

あとはもう声にならず、胸と腕、腰と腿をおののかせている。

膀胱《ぼうこう》が沸騰《ふっとう》し、精嚢《せいのう》には、破裂しそうな痛みが起きている。

しなやかな指が、しこり、しこりと肉幹をしごいた。

舌裏が、亀頭全面をおおって左右に動いた。

亀頭冠から伸び出た舌先が、くびれをこそいだ。

しなやかな両手の指が、肉幹をしごきつづけている。

舌の左右動が速まって、先走り液と唾液とが、ぢゅぷぢゅぷと淫《みだ》らな音を奏でた。

膀胱が、煮え立った。

蟻の門渡りに亀裂が走る感覚があり、つづいて肛門から尾骨にかけて、焼けただれる感覚が広がった。

精嚢が裂け、肉幹が脈動した。

腰が躍った。

「あうっ！」

芳樹は結衣の肩をわしづかみにして射精した。

「んんん！　んんんっ！」

くぐもった声を漏《も》らして結衣はなお、肉幹をしごき立てている。それればかりではなかった。射精真っ最中の亀頭を深々とくわえ込み、頭を振り乱している。

いや、それだけでもなかった。ほとばしった体液を、結衣は飲んでいた。それも、出るそば出るそば、貪《むさぼ》るように。

（これが、女が男にするっていう……）

その思いが、空に舞った。快楽に打倒されるように、芳樹はひっくり返っていた。

仰向けになって、精を射ち出しつづけていた。めくるめく愉悦《ゆえつ》に、身も心も弄《ろう》されている。ちっぽけな木の葉のようになぶられまくっている感覚がまた、心地よい。

朦朧《もうろう》とした頭で、快美感を味わっていた。射精し終わっても、ずっと、そうしていたらしい。気がつくと、結衣の顔がすぐ上にある。

「死にそうだった」

「死んじゃあ、だめ」

「ん。死なない」

芳樹は起き上がろうとした。が、体に力が入らない。とりあえず横向きになって、結衣の体に残っているピンクのショーツに手を伸ばした。

自分は、口でされた。自分も結衣のを口でするのが、セックスというものなのだろう。しかし、うまくできるだろうか。きっと、できる。誰でもやっていることなのだ。

不安をいだきながら、芳樹はショーツを抜き取った。

白い肌に、黒々とした秘毛が張りついている。秘毛の奥に、くすんだ桃色の肉が覗いている。

透明感の強い桃色もある。色づきの濃い部分もある。うにょうにょとしていて、とらえどころがない。

白と黒と桃色とが、目の前で交錯《こうさく》した。前後の見境のない感覚に見舞われながら、芳樹は結衣を仰向けにした。

「結衣のも、な……」

「あ、あ～ん」

あの高沢結衣がこんな声をと驚くばかりの甘声を上げ、結衣は腰をうねらせた。

よじれる両内腿の合わせ目で恥肉が歪み、ゆるく結んだ唇のような恥芯の接合線に、透明な体液の筋が光っている。

芳樹は、恥芯に口をつけようとした。

口をつける前に、異臭としか表現できない女臭が脳髄《のうずい》を刺した。

「う……」

腰が躍っていた。

ぬめりの強い肌をした両内腿に指先を食い込ませ、肉幹への何の接触もない状態で、芳樹は二度目の射精をしていた。

異変を感じ取ったのだろう、結衣が上体を起こした。体を伏せてシーツに精をほとばしらせていた芳樹も、起き上がった。

「先生って、すごいんですね。ううん、芳樹さんって、若いのね。研究研究で明け暮れる大学院教授とは、とても思えない」

「面目ない。まさかこんなことになるとはね」

芳樹は、かたわらに置いてあるティッシュの箱からティッシュを取って、まだ頭を振っている肉幹の先にかぶせた。

しゃべりはしたが、頭はまだ、朦朧状態になっている。これが、セックスというものなのか。いや、これからがあるのだ。しかしいったい、自分に、できるのか。

　一方では信じられないことに、連続二回の射精にもかかわらず、肉幹は隆々《りゅうりゅう》といななき勃っている。

　四十代になってからは、たぶん、一度として、放出の作業はしなかった。それを、何とも思わなかった。自分は研究に一生を捧げる人間なのだからと、むしろ誇らしく思っていたくらいだ。

　今、自分は、女と、やる。何かに背中を押される思いで、芳樹は言った。

「先に、入れてしまおうか」

「…………」

　結衣は目のまわりを赤くしてうなずくと、自分から仰向けになっていった。結衣は、自分とおんなじなのか。芳樹はそれを、確かめたかった。

「ねえ、こんなこと、訊いてもいいかな。あのさ、結衣は、初めて？　そうじゃない？」

「…………」

　結衣は芳樹を見つめ、静かに頭を振った。その目つきとしぐさで、〝過去〟というものがあるのを、芳樹は知った。

「まあ、それが普通だよね。恥ずかしながら、わたしは女性、未体験」

つらいことを訊いた失点を挽回《ばんかい》する思いで、芳樹はわざと照れくささを見せて頭を掻《か》きながら、白状した。結衣が表情を硬くした。そして、にこやかな顔をした。

「冗談を言ってるんでしょう?」

「ぜんぜん冗談なんかじゃないんだ。キスだって、さっきのが初めてなんだよ。口でされて、あっというまに終わってしまったのも、初めてだからなんだ。あはは。情けない」

照れ隠しで芳樹は笑ったが、結衣は信じられないという顔をしている。だが、靄《もや》でも晴れたように、結衣の表情は戻った。

「あたしは初めてじゃないですけど……」

目に恥じらいを浮かべてそう言うと、結衣は芳樹に向けて両手を広げた。すべてをまかせる思いで、芳樹は体を合わせていった。

芳樹がしようとするより早く結衣は肉幹に指を添え、蜜濡《みつぬ》れした秘口に亀頭をあてがった。

「ん」

甘く見つめて結衣が声を出した。入れていい、と言っているのだ。芳樹は腰をたわめ、突き上げた。

くぼりと、亀頭は没した。

「あ」

丸いあごをのけぞらせ、結衣は短く叫んだ。

何年かぶりの、いや、もっと長い間のあとの声なのだろう。芳樹には、そう聞こえた。

しかし今は、そんなことよりも現実の問題だった。肉幹は、うにょうにょとした膣道に埋没《まいぼっ》していっている。

（おお、これが……これが女の……）

蜜襞が密集した肉洞に、肉幹が、深く深く侵入していっている。ついに自分は性交という行為を体験したのだ。

（ああ、これが初夜）

鳥肌が立つほど芳樹は感激した。だが、感激しているのは、結衣もだったようだ。

「あたし、先生に抱かれて幸せです」

芳樹の肩にやさしく両手を乗せ、結衣が言った。声には、悲しい過去を如実《にょじつ》に物語る響きがあった。

「先生、じゃないでしょ。芳樹、と言いなさい」

「あたし、あたし、芳樹さんに抱かれて幸せです」

そう言った結衣は、心の悦びが肉悦へと急激に変化したかのように、烈《はげ》しく恥骨をせり上げだした。自分でそうするというよりは、体がそう動いてしまう、という感じだった。

そこに芳樹は、結衣の過去の一端を見る思いがした。そして、結衣の過去も悲しみも、根こそぎ引き受けてやろうと思った。

芳樹は結衣の動きに誘われて初めての腰づかいをしながら、結衣の耳に口を寄せて言った。

「結衣、おれの子を、産め」

「あ～っ、あ～っ、ああ～っ」

心の悦びか肉悦か、結衣はあられもない声を張り上げて、いきなり総身を痙攣《けいれん》させた。膣襞が甘く厳しく蠕動《ぜんどう》し、肉幹に三度目の射精を促した。

隙間《すきま》

藍川 京

著者・藍川《あいかわ》　京《きょう》

熊本県生まれ。一九八九年のデビュー以来、ハードなものから耽美なものまで精力的に取り組む。特に『蜜の狩人』『蜜の狩人─天使と女豹』『蜜泥棒』『ヴァージン』『蜜の誘惑』（いずれも祥伝社文庫）で、読者の圧倒的な人気を獲得した。三人の美女の活躍を描いた『蜜猫』も好評。

その通りを歩き始めたときから、結衣《ゆい》にはわかっていた。結衣の手を引っ張った川窪《かわくぼ》は、やはりラブホテルの門をくぐった。

行きつけのショットバー〈シェル〉で知り合って一カ月半。気になる男だった。ただ結衣には交際中の安斉和弥《あんざいかずや》がいる。ひとりで呑みに行き、たまたま川窪と隣り合った席に座っても、和弥との関係を知っているマスターの手前もあり、客同士の他愛ない会話に留めていた。

川窪は三十二歳、渋谷でレンタルボックスを経営しているという。狭い部屋に住む者にとっては、温度と湿度の管理されたレンタルボックスは、衣服などを季節ごとに取り出して使うのに便利で、今や都会で引っ張りだこの商売だ。

一週間ほど前、シェルで呑んでいたとき、川窪が先に帰った。結衣はひとりで呑んでいただけに、自分に興味はないのかと落胆した。だが、シェルを出たとき、川窪は店の外にいた。別の店に呑みに行かないかと言われ、故意に先に出て待っていたのだとわかった。ためらいもなく誘いに乗った。初めての川窪とふたりきりの時間は新鮮で、すぐに夢中になってしまった。

川窪と呑んだことは和弥には話していない。和弥との交際はかれこれ二年になるが結婚には至っていないし、すでに倦怠《けんたい》期だ。二十七歳の結衣にも二つ年上の和弥にもセックスは必要だが、ベッドでの新鮮さはなくなっている。

川窪とはこの一週間に二回も待ち合わせて呑んだ。そのうちの一回はふたりの誘いと重なったが、同僚と呑むことになっていると偽って和弥のほうを断った。後ろめたさもあったが、新しい恋のほうが新鮮だった。

ラブホテルの三階の部屋に入ると、すぐに川窪が結衣を抱き寄せ、唇を塞《ふさ》いだ。

すでに唇は許していたが、これから躰《からだ》を重ねるのだと思うと、唇が合わさっただけで動悸がした。こんな気持ちになるのは久しぶりだ。まるで初めて男を知った十八歳のころに戻ったようだ。

川窪の舌が結衣の舌に絡まり、唾液を奪われた。最初はされるままだったが、結衣も舌を動かした。互いの鼻から湿った熱い息が洩《も》れた。

忘れかけていた炎のように熱い口づけに、結衣の総身が燃えた。男のものを受け入れたいと、下身が疼《うず》いた。

唇を合わせたまま、川窪の手がスカートの上から結衣の尻たぼを繰《く》り返し撫《な》でまわした。

ベッドに押し倒されそうになり、結衣は慌てた。

「シャワー……ね……待って」

初めてのときは、できるだけきれいでいたい。

「風呂、いっしょに入ろう」

「先に入って。落ち着かないから」

「出てきたら消えてたりしないだろうな」

「まさか」

川窪が冗談のように言ったので、結衣はクッと笑った。これでだいぶ緊張が解けた。

川窪と交代してシャワーを浴びるとき、結衣は下腹部を念入りに洗った。やや濃いめの翳《かげ》りとワレメの中の女の器官に指先を滑らせるとき、これからの時間に期待と不安が過《よぎ》った。

和弥とつき合い始めてから、いちどだけ他の男に抱かれたことがあったが、酔っ払った挙《あ》げ句で、相手も酔っていたし妻子があり、互いに、ほんの火遊びで終わった。

だが、今夜はちがう。アルコールの入っていないまともな感覚で、川窪に抱かれようとしている。和弥の存在が薄れ、川窪に心を奪われている。

バスタオルで躰を隠して浴室を出ると、川窪は腰にタオルを置き、隅のテーブルでビールを呑んでいた。

「美味《うま》い。これだけしか残ってないけど呑むか？」

川窪が呑んでいたグラスを差し出され、結衣はコクコクと喉を鳴らし、一気に空けた。

「風呂上がりは美味いよな。もう一缶開けるか？」

「もういいわ」

ビールを呑むとトイレが近くなる。同じ状況で相手が和弥なら、グラス半分ではもの足りず、もう少し呑むところだ。だが、川窪にはまだ遠慮がある。できるだけ、失態のない時間を過ごしたかった。

川窪がベッドに入った。結衣も後ろを向いてタオルを取り、左隣に躰を入れた。

「初めて会ったときから、気になってたんだ。だけど、彼氏がいるようだったし」

「ああ……彼……友達かな。今日も呑みに行かないかと電話があったけど、嘘を言って断っちゃった」

今は川窪のほうが大事だと言いたかった。

抱き寄せられ、唇が合わさった。また入室したときのような熱い口づけが始まった。舌を絡ませているだけで下腹部が疼《うず》いてきた。疼くほどに激しく川窪の唾液を貪《むさぼ》った。川窪の荒い息と結衣の鼻からこぼれる湿った息だけが、静かな室内の空気を動かしていた。

川窪の手が、結衣の乳房を包んで揉みほぐした。結衣の鼻から一段と熱い息が洩れた。

「いい形だな。大きさもちょうどいい。このくらいのがいちばん好きなんだ」

ふくらみを嘗《は》められ、結衣は唇をゆるめた。こんな誉め言葉は、すでに和弥の口からは出てこない。新鮮さも燃えるような気分も、すでにふたりの間では失せている。

川窪の頭が動き、乳首を軽く吸い上げられると、結衣は切ない喘《あえ》ぎを洩《も》らした。吸われ、舌でこねまわされ、また吸われているうちに、果実は硬くしこり立ち、触れられてもいない肉のマメがトクトクと脈打ちはじめた。

乳房を包んでいた川窪の手が下腹部に下りていった。漆黒の翳《かげ》りを確かめるように撫《な》でられ、肉のマンジュウを触られ、やがて指先が柔肉のワレメに入り込んでいった。

結衣は唇を合わせたまま、鼻からくぐもった喘ぎを洩らした。

川窪の指は花びらの両脇を滑り、花びらを玩《もてあそ》び、肉のマメを包んだ細長い包皮を撫でた。それからまた花びらを辿って下り、秘口周辺をなぞると、指を花壺に沈めていった。

結衣は短い声を出した。唇が離れた。

「全部ヌルヌルで、ここはやけに熱いな」

指は奥まで沈まないまま、また引き出され、女の器官をいじりまわした。

初めて知る川窪の指の動きに、結衣は身悶えながら甘い喘ぎを洩らした。もっと指でしてほしいと思っていたとき、川窪の躰が一気に下りていき、結衣の太腿を破廉恥《はれんち》に押し上げた。

結衣はむずかるように尻を動かし、わずかにずり上がった。川窪の頭が秘所に潜り込み、肉のマメを包んだサヤを舐《な》め上げた。

「いや……」

「くっ！」

生暖かい舌の感触に、結衣は胸と顎を突き上げた。Мの字に脚を押し上げられたまま、繰り返し女の器官を舐めまわされていると、ピチャピチャと恥ずかしい蜜の音がするようになった。総身が汗ばんだ。

またたくまに悦楽の波が押し寄せてきた。

「んんっ！」

結衣は硬直し、激しく痙攣《けいれん》した。

川窪のものが秘口と膣ヒダを押し広げながら入り込んできた。結衣の肉のヒダは妖しく収縮し、太いものを呑み込んでいった。

ついに重なった躰を、さらに深く重ねようとするように、結衣は下からゆっくりと腰をくねらせるようにして揺すり上げた。

「おおっ、隙間《すきま》がないほどぴったりだ。やっぱり、相性がいいんだ」

ふたりは会うべくして会い、こうなるべき運命だったと言われているようで、結衣はますます川窪への恋情をつのらせた。

川窪の腰が浮いては沈んだ。結衣も腰を突き上げたりくねらせたりして動きを合わせた。

抜き差しは、さほど長くは続かなかった。ラストスパートの激しい動きが始まった。結衣は声を上げ、川窪の腰の動きに合わせた。

「いい！　最高だ！　いいぞ！」

汗ばんだ川窪の声に昂揚《こうよう》し、結衣も肉獣になったように腰を激しく動かした。

「う……」

川窪の動きが止まり、全身が硬直した。


シャワーを浴び、冷えた缶ビールをふたりで呑んだ。

「今の会社、給料はそう高くないんだろう？　稼げる仕事をしたらどうかな？　結衣ちゃんならもっと稼げるはずだから」

「趣味はあるけど、それはプロになれるほどじゃないし、どう考えても、稼げる仕事なんてないわ。平凡な女だもの」

「怒らないで聞いてくれよ。水商売に向いてると思うんだ。最初から店のママは無理かもしれないけど、いくつかの店で働いて修業して、二、三年でバーとかやるといいんじゃないかな」

意外な言葉だった。

「私がお店のママ？」

「俺が一目で惚《ほ》れたんだ。やれるって。夜はバイトしてみたらどうかな。知ってる店を紹介できるけど」

普通の生活で一生が終わると思っていただけに、急に未来が開けた気がして、目の前がバラ色になった。

「お店ね……私が……」

躰が宙に浮いたようで、弾んだ気持ちになった。

「何軒かで働いて、もう大丈夫ということになったら、俺も少しは援助したいと思うんだ。できるだけのことはしたい」

それは、愛の告白ではないかと思えた。

和弥と十日ぶりの食事になった。

「最近、会えないいな」

「同僚が失恋して大変なの。もうじき立ち直ると思うけど……」

嘘をつくことに罪の意識はあるが、川窪との恋が始まっていて、明るい未来に心弾《はず》み、和弥にいつ別れを切り出そうかと思っていた。倦怠期になっているだけで、これといった喧嘩《けんか》をしたわけでもなく、別れ話は憂鬱《ゆううつ》だ。次に引き延ばすことにした。

「明日から急に三日間の出張になったんだ。面倒だな」

「あら、じゃあ、早く帰って休んだほうがいいんじゃない？　実は私、今朝方まで本を読んでいたから寝不足なの。早く休みたいの」

「へェ、そんなに夢中になれる本があるのか」

「小説じゃなくて、霊の世界のことを書いた本なんだけど、案外、読み始めると面白いものよ」

和弥が絶対に興味を示さない分野を出し、また嘘をついた。

「今夜は結衣の部屋に泊まろうかな。俺も疲れた」

「出張の用意があるでしょ。ダメよ。朝になって帰ってから用意するなんて、よけい疲れるじゃない」

つき合い始めたころは、出張前夜でも和弥が泊まると言えば嬉しかった。けれど、川窪と深い関係になってしまった今、和弥とのセックスは避けたかった。

結衣の部屋を見たいと言う川窪に、今までは口実を作って断っていたが、和弥が出張でいないと思うと、安全だと思って入れた。和弥ときちんと別れてから招きたいと思っていたが、別れを切り出すのはなかなか難しい。結婚するのは簡単でも離婚は難しいとよく聞くが、それに似ているのかもしれない。

「綺麗《きれい》に片づいてるんだな」

広めのワンルームを眺め、川窪が感心した。

掃除が嫌いではないし、すっきりしていないと落ち着かない。結衣の性分だ。

「これ、どう思う?」

結衣は棚に載せていた小さなクマのぬいぐるみのひとつを差し出した。

「可愛いな。女って、いくつになってもこういうのが好きなんだよな」

「私が作ったの」

「へェ、驚いた。買ったものとばかり思ってた。上手《うま》いな。商売になりそうだ」

川窪はまじまじと見つめた。

「それが私の趣味。でも、ひとつ作るのに早くても一週間以上かかるから、残念ながら商売にはならないわ。それは特に出来がいいの。大切にしてくれるならプレゼントしてもいいけど、男の人は興味ないかしら」

「えっ？　こんなにいいものをもらっていいのか。買うと高いぞ。いや、金じゃ買えないな。お宝だ」

和弥が興味を示さないものだけに、結衣は川窪の言葉が嬉しかった。

ぬいぐるみを小さなダイニングテーブルに載せた川窪は、結衣を抱き寄せた。だが、結衣は唇を塞がれる前に顔を離した。

「隣が気になるの……ここじゃ、いやなの……隣の人、神経質で煩《うるさ》いの」

和弥に何度も抱かれたベッドで川窪に抱かれるのは憚《はばか》られる。きっちり別れた後ならいいが、まだ和弥には何も話していない。結衣は隣人を悪者にして作り話をした。

「じゃあ、何もしないから」

「嘘……」

「何もしないで朝までいられるはずがないよな。結衣ちゃんの躰は最高だもんな。結衣ちゃんといっしょにいて誘惑をはねのけるのは、悟《さと》りを開いた高僧ぐらいかもな」

「そんな大袈裟《おおげさ》なこと言って」

それでも結衣は自尊心をくすぐられていた。

「早く俺の家ができあがるといいんだがな」

親から譲り受けた世田谷の家が古くなり、建て替え中で、川窪は目下、狭いマンションに仮住まい中だ。ときどき細かいところの設計変更をしたりするので、仕上がりは来年だという。豪邸のような気がして、結衣は自分の家のように楽しみだった。

「この部屋、気に入ったんだけどな。まあ、しょうがないか。やっと入れてもらえたんだから、それだけでも感謝しないとな。結衣ちゃんの暮らしぶりがわかったところで、安心して別のところに行くか」

川窪との新鮮なセックスに夢中になっている結衣は、これからホテルに行くのだと、気持ちが弾んだ。

川窪はタクシーを拾うと、そう遠くない場所で降りた。

意外な場所にあるラブホテルだった。川窪はさっと結衣の手を引いて入った。

「初めてじゃないみたい」

「えっ？」

「ここ、前から知ってたみたい。わかりにくいところなのに」

「なんだ、そんなことか。以前、ここを歩いたときに気がついて、目をつけてたんだ」

川窪は部屋に入るなり、結衣をベッドに押し倒し、唇を奪った。結衣もこたえた。貪《むさぼ》るように唾液を奪う川窪に、結衣の下腹部はすぐに熱くなり、濡れていった。

ベッドの上で服を脱がされていった。

「おう」

光沢のある深紅の上質のシルクのインナーが現れたとき、川窪が目を見張った。

「おニューなの」

川窪の反応が好意的とわかるだけに、結衣の頬がほころんだ。川窪との時間のために、昨日買ったばかりだ。

「セクシーだな」

「インナーが？」

わざと訊いた。

「結衣ちゃんに決まってるだろ」

細い肩からキャミソールのストラップを落とした川窪は、結衣をひっくり返してうつぶせにし、ブラジャーのホックを外した。そして、そのまま、うなじから背中へと唇が這っていった。

結衣は悦楽の声を洩らして身悶《みもだ》えた。肩胛骨《けんこうこつ》のあたりを舌が触れていくとき、くすぐったさの入り交じった快感に肩先がくねった。

川窪の動きが止まった。自分の服を脱ぎ始めたのがわかった。シャワーを浴びてから……という思いは、今日はなかった。今の時間を中断するより、初めてつけたインナーを観賞しながら、このまま抱いてほしかった。

腰で止まっているキャミソールはそのままに、うつぶせにされたまま、ショーツが太腿へとずり下ろされていった。太腿で止まった布切れの感触に、脱がされてしまうより猥褻《わいせつ》な気がして、結衣は淫らな感情を抱いた。

尻肉を繰り返し撫でまわされ、結衣は思わず両手の拳を握り締めた。半端なキャミソールとショーツを思うと、川窪の行為がとてつもなくいやらしい行為に思えた。

不意に太腿のあわいに川窪の手が入り、肉のマンジュウのワレメに指が入り込んだ。結衣は、あっ、と短い声を上げた。

「ぬるぬるだ」

羞恥がつのるだけ、川窪の躰がほしくなる。仰向けでいじられるより、こうして腹這いになった姿で後ろから手を入れて触れられるほうが猥褻な気がして感じてしまう。

花びらや肉のマメを揉みほぐされ、結衣は尻をくねらせた。

指が花壺に沈んでいった。

硬直した結衣は、短い声を上げて胸を突き出した。総身にじわりと汗が滲んだ。

一本の指が外に出ると、今度は二本になって入り込んだ。出し入れされるたびに喘ぎが洩れた。

単純な指の出し入れが、やがて肉の器の中で複雑に動いた。指を広げたり、器の縁をぐるりとまわったり、淫猥な動きは続いた。

「くうう……い、いきそう」

いつしか尻を突き出すように、結衣はわずかに腰を持ち上げた。

いやらしく動いていた指が出された。

結衣がかすかな落胆を覚えたとき、ショーツがさらに下ろされ、足首から抜き取られていった。次にグイッと腰を掬い上げられ、後ろから太いものが押し入った。

「んんっ……」

滾《たぎ》った肉のヒダを押し広げながら沈んでいく屹立の心地よさに、結衣は口を開けて熱い息を噴きこぼした。

「おお、締まってる。後ろからだとよけいいいな」

奥の奥まで沈んだ肉茎を、さらに押し込むように、川窪が腰を揺すり上げた。

「ああう……いいいっ」

尻だけ掲げた恥ずかしい格好でひとつになっている自分に昂ぶりながら、結衣は眉間に悦楽の皺《しわ》を刻んで喘いだ。

剛直が浮き沈みをはじめた。

「あうっ！　んんっ！　あっ！　くっ！」

穿《うが》たれるたびに結衣は声を上げた。

動きが止まり、川窪の指が結合部分をいじり始めた。ぬるぬるになっている花びらや肉のマメを指で玩ばれると、昂まっていた快感が一気に炎を噴き出すように、いっそう大きくふくらんでいった。

「くうううっ！」

結衣は指戯で絶頂を迎え、腰を掲げたまま痙攣した。

痙攣が治まりかけたとき、川窪の抽送が始まった。

「んんっ！　あうっ！　ああっ！」

新たな法悦が走り抜けたとき、川窪も白濁液を噴きこぼした。


愛された後の躰は気怠《けだる》かった。

そのまま朝まで眠りたかった。だが、川窪はタフだった。呑みに行こうと言い出し、シャワーを浴びるとホテルを出た。

「女性が行かない店に連れて行こうか」

どんなところだと思っていると、キャバクラだった。むろん、女性客はいない。派手で安っぽい衣装に身を包んだ女達を見て、結衣は落ち着かなかった。

「こんなところによく来るの……？」

川窪はもっと上品な店に通っていると思っていただけに、意外でならなかった。いちばん隅の席なのが、辛《かろ》うじて救いだ。

「実は、こないだ話したと思うけど、水商売の勉強を始めたらどうかと思って」

「私がここで呑むのも勉強なの？」

結衣は意表を突かれて聞き返した。

「いや、ここで呑むんじゃなくて、ここに勤めてみるんだ」

結衣は耳を疑った。

「客商売をするには、どんな客が来るか研究しないといけないだろう？」

「だって……私はこんな店をやるつもりはないし」

「ああ、結衣ちゃんのやる店は上品な店だな。だけど、客はいい客ばかりとは限らない。いい客を相手にするのは楽でも、おかしな客を相手にするのは難しい。セックス目当てにママやホステスを漁《あさ》りに来る客もいる。そういう客をどううまくあしらうかを勉強するには、かえってこういう店がいいんだ。男の生態を勉強するのはとても大切なことだと思う。いい店を目指すほど、かえって、こういう店のことを知っておく方がいいと思うんだ」

言われてみると確かにそうだ。けれど、派手で安っぽい衣装を着る気になれない。さりげなく店内に目をやると、そう上品とはいえない客がホステスの太腿に手をやったり、いやらしい視線で胸の谷間を見ていたりする。

蝶ネクタイをした黒服の男がやってきた。

「飲み物は何がよろしいですか?」

やけに愛想がいい。

「僕は薄い水割り。結衣ちゃんは?」

「ええ、私も……」

ホステスが来ないので結衣はホッとした。

男が小さなガラスのグラスに入ったキスチョコと、水割りグラスを二つ持ってきた。そして、結衣と向かい合い、川窪の横に座った。

「店長の向井《むかい》です。よろしく」

名刺を差し出された。

「どうです、まず一日、勤めてみませんか。衣装はこちらで用意しますし、あなたならすぐに売れっ子になりますよ。大きい声じゃ言えませんが、マスクも雰囲気も他の子よりダントツにいいですからね」

結衣はすぐには状況が呑み込めなかった。

「店は昼間からやってるんですよ。昼間は学割が使えるんで、大学生がよく来るんです。最近はお姉さんに可愛がってもらいたいというのが多くなって、若ければ売れるってことでもないんです。コッチの軽い子も」

コッチと言うとき、向井は頭を人差し指でつついた。

「底抜けに陽気だったりすると売れますけど、うちとしては賢い女性もほしいですしね」

最初からホステスとして紹介するために川窪がここに連れてきたとわかり、結衣は愕然《がくぜん》とした。いくら将来の夢の実現のためとはいえ、説明もなく、いきなりはないだろうという気がする。

「あの……私、昼間働いていますから」

「だから、バイトで来られるときだけでいいじゃないか」

「週に三回以上来てもらえればいいし、時間も一日四時間以上ということになっています。六時からだと十時まででいいし、ゆっくりがいいなら八時から零時までとか。都合をつけやすいでしょう？」

「できるんじゃないか？」

向井の言葉に川窪が反応し、結衣に尋ねた。

「急にそんなことを言われても……」

「善は急げだ」

「時給に指名料やドリンク料もつくし、人気と頑張り次第。短時間で昼間とは比べられないほど稼げるのはまちがいないし」

「後々のために体験は大切だと思う」

「大学生のときにここでバイトして稼いだお金を元手に、卒業と同時に店を出して儲《もう》かっている子もいますよ」

「そりゃあ凄い。大卒と同時にオーナーか」

向井と川窪が交代にしゃべり、場を盛り上げていった。

「簡単な契約書にサインしてもらえるだけでいいんですけど」

契約書と聞いた結衣は、キャッチセールスで詐欺に遭《あ》いそうになった二十歳のころのことを思い出し、ふっと我《われ》に返った。

「じゃあ、二、三日考えてからということで、契約書を持って帰っていいですか？」

「考えるのも大事だけど、今は行動に移すときじゃないかと思うけどな」

川窪が言った。

「案ずるより生むが易《やす》しですよ。ほら、みんな楽しそうに働いてるでしょう？　変な店でもないし」

向井が笑みを浮かべた。

「わかってます」

「じゃあ」

川窪が言った。

「今日は仏滅でしょう？　亡くなった祖母から、仏滅にだけは新しいことを始めちゃいけないと言われていて、それを破ったとき、怪我をしたことが三度もあって、それからは絶対に仏滅にお稽古ごとを始めたり、旅行に出発したり、もちろん、サインなどもしないことにしてるんです。こんなことを言うとバカにされると思って、すぐに言わなかったんですけど」

今日が仏滅だったことを思い出し、結衣はいい加減なことを口にした。

「あ、そうなのか……仏滅か」

「仏滅ねェ……」

ふたりが気の抜けたような口調で言った。

「この店に勤めるとしても、今日サインしたら、絶対に売れっ子にはなれない気がして。明日以降、できたら大安吉日が最高でしょうけど、明日の大安は寿《ことぶき》で辞める同僚の送別会があって無理だし、次の大安吉日は一週間後。そのときサインすればナンバーワンは無理でも、三番以内にはなれたりして」

結衣は肩を竦《すく》めながら笑った。

ふたりは仏滅の翌日が大安吉日とは知らないかもしれないが、結衣は日にちを延ばすため、明日もダメだと言った。寿退社の者などいない。これも咄嗟《とっさ》に出た嘘だ。

「一週間か。じゃあ、契約書はそのときまでに用意しておこう」

「持って帰りますから」

「いや、今日は仏滅だから、渡さないほうがいいだろうから」

「そうだな。結衣ちゃんにとって、仏滅がそんなによくないんじゃな」

何とか契約しなくて済んだ。

川窪には悪いが、もう少しランクが上の店に勤めたい。水商売をしたことはないが、どうして銀座の高級クラブのようなところを紹介してくれないのかと恨めしかった。自分が低く見られているようで不満だった。

高校時代からの友人、林美沙子《はやしみさこ》から、大事な話があるからマンションに来てほしいと電話があった。

昔から活発で、いつも周りに男を従えているような姉御肌《あねごはだ》のところがあり、大学を卒業して企業に就職したものの、肌が合わないと一年で辞め、その半年後には興信所に勤め始め、結衣を驚かせた。

不倫調査の尾行が特に面白く、性にあった楽しい仕事だと言っている。土口もない仕事で、連絡が来たのは数カ月ぶりだ。

「家に来てとはどういうこと？　何があったの？」

会うときはたいてい外なので、美沙子のマンションを訪れるのは一年ぶりだ。

「これ」

美沙子にいきなりぬいぐるみを差し出され、結衣の脳裏にいくつものクエスチョンマークが浮かんだ。川窪にプレゼントしたはずの、いちばん気に入りの手作りのクマだ。

「これ、彼氏からもらったの。世界にひとつしかない手作りのぬいぐるみとかで、意外と高かったんですって」

美沙子の言葉に、また結衣は戸惑《とまど》った。考えがまとまらない。混線状態だ。

「何か言ったら？」

るようなものなの？」

「ああ、呆《あき》れた。これ、結衣が作ったものでしょ？　いいのができたって、去年、誇らしげに見せてくれたものだから覚えてるわ。自分の作ったものも忘れたの？　どこにでもあるようなものなの？」

苛立たしげな美沙子に、結衣はまた困惑した。

「私が作ったものよ。そのくらいわかるわ。上出来のクマちゃんだもの。だから、どうして美沙子が持っているのか不思議で、面食らってるんじゃないの……」

「ああ、ますます呆れた。川窪って男をどう思ってるのよ」

話した覚えのない川窪の名をいきなり言われ、結衣は目を見開いた。

「何を驚いてるのよ。まさか、その男を愛してるなんて言わないわよね？　和弥君には、結衣がこの男とホテルに行ったこともナイショにしてあげる。だから、ほんの火遊びだったと言ってほしいわけよ」

結衣には何がどうなっているのか、さっぱりわからなかった。ぬいぐるみのこと、川窪の名前が出てきたこと、ホテルに行ったことを美沙子に知られていること、すべて驚くことばかりだ。

「和弥君から、結衣に好きな男ができたんじゃないかって相談を受けて、まともに調査を頼まれたの。いい？　これは、本当はクライアントに対しての、絶対にしてはならない裏切り行為。ばれたら大変なことになるわ」

和弥と美沙子と三人で呑んだこともある。しかし、和弥が美沙子に調査を頼むなど、結衣には信じられなかった。

「結衣にいい男ができたんなら、それはそれで仕方ないと思ったし、和弥君も諦めると思ったわ。だけどね、川窪って男、まともじゃないわ。偶然を装って近づいてみたら、すぐに鼻の下を長くして、これをくれたわ。結衣があの男を部屋に入れた日の翌日よ」

『こんなにいいものをもらっていいのか。買うと高いぞ。いや、金じゃ買えないな。お宝だ』

あの言葉は何だったのか。やっと結衣の頭が正常に働き始めた。

「結衣がこのごろ変だって、和弥君、だいぶ悩んでたのよ。つき合いが長くなって飽きてきたのかなとも言ってたわ。俺より好きな男が出てきたのなら仕方ないけど、変な奴だったら許したくない。調べてくれって。要するに嫉妬《しっと》とかじゃなくて、結衣を心配して、もし相手がいるなら調べてくれってことだったの。泣かせるわねェ。いい人じゃない」

美沙子は、まず和弥を誉めた。それから、川窪にさりげなく近づくと誉めちぎられ、失業中と言うと、店をやらないかと誘われたという。

女に近づいては誉めちぎって肉体関係を持ち、すっかり信用させたところで、あちこちの店に紹介しては紹介料を取ったり、給料の一部をピンハネして懐《ふところ》に入れている男だという。

「あの日、キャバクラに連れて行かれたでしょ？」

「美沙子も連れて行かれたの……？」

「別の店にね。おそらく川窪は何十軒もの店を順繰りにまわって紹介してるのよ。連れて行かれた店の店長を色じかけでメロメロにして訊いたんだけど、契約書にサインさせたら、後で勝手なことを書き足したりすることもあるらしいわ」

契約書に書いた時間や日数に勤務時間が足りなければ給料から違約金を差し引かれ、半年とか一年契約にしているので、それ以前に辞めると言っても違約金を取られることになる。さっさと辞めようと思っても、五十万、百万の違約金という書類を見せられて、知らなかったこととはいえ、サインをした以上、やむなく働き続けるか、借金してでも辞めるか、どちらかになるという。

「どうしてあんな男とホテルになんか行ったのよ。心の隙間に入り込まれたってわけ？　そりゃあ、女を道具にして稼いでるような男だから、女の心を射止めるためにあの手この手でサービスしてくれるし、セックスはいいかもしれないけど、腐った男よ」

「腐った男とわかってて美沙子は……その……セックスをしたわけ？」

「私は独身主義で、欲望の赴《おもむ》くままに適当にやってるし、今回は仕事の一端と思って味見はしてみたわ。腐った男じゃないなら、何回かしたいところだけど、正体がわかってるから一回でたくさん。住所不定じゃないかな。女の家を泊まり歩いてるわよ」

大きな溜息をついた結衣は、全身にどっと疲れを感じた。


素知らぬ振りをして、結衣は川窪とカフェで待ち合わせた。

「今日は大安吉日だよな」

「そう。こんな日に大事なことは進めないと」

川窪が喫茶店で一杯目は必ず頼むトマトジュースが運ばれてきた。そのとき、川窪のケイタイが鳴った。

「出ないの？」

川窪は着信を確かめても出ようとしない。

「金を貸してくれと言っている煩《うるさ》い友達だ。ほっとけばいい」

しかし、何度も携帯が鳴った。

「煩いから出たら？　でも、他のお客様の迷惑になるから外で話したほうがいいわよ」

川窪を席から離れさせるための美沙子からの電話だ。結衣の手前、女からの電話に出ることができないのはわかっている。

川窪が席を立った隙に、結衣はトマトジュースに液体の下剤をたっぷり入れて掻《か》き回した。

戻ってきた川窪と時間稼ぎのために、将来実現させたい店について話した。

愛想よく頷いたりしていた川窪の表情に、やがて変化が現れた。

「ちょっと失礼……」

トイレに急ぐ川窪に、薬が効いてきたことがわかった。これからしばらく腹痛が続き、何度も洗面所通いのはずだ。強烈な薬を美沙子が用意した。

川窪がトイレから戻ってきたとき、外で待機していた美沙子が入ってきた。

「あら、偶然ね。もしかして彼女？　いつ女ができたの？」

テーブルにやってきた美沙子が、結衣とは初対面を装って川窪に邪険《じゃけん》に言い放った。

「あ……いや……ちがう」

川窪は相当慌《あわ》てている。

「あなた、どなたですか？」

結衣が美沙子に尋ねた。

「どなたって、フィアンセよ」

「そんな人がいるなんて、彼から聞いてません」

「彼ですって？　ね、二股かけてるの？」

「えっ？　そうなの？」

「あ……いや……ちょっと失礼」

腹痛のためか、思わぬ美沙子の出現のためか、汗びっしょりの顔を歪め、また川窪がトイレに向かった。

結衣と美沙子は川窪を置いて外に出た。

やがて店から出てきた川窪に、

「ネクタイが歪んでるわよ」

美沙子は正面からグイッとネクタイを引っ張った。それを逃さず、後ろに立った結衣は、襟首からパックの牛乳をたっぷりと流し込んだ。声を上げた川窪にほくそ笑み、ふたりは悠々と立ち去った。


和弥とは久々のベッドインの気がする。

美沙子の話では、和弥は川窪の存在は知らないはずだというが、結衣は半信半疑だ。美沙子は結衣との友情を優先して、和弥という顧客の秘密を洩らしたことになる。だから結衣は美沙子の名誉のためには、和弥が興信所を使ったことは知らないことにしておかなければならない。けれど、和弥は美沙子から結衣にこのことが洩れるのを承知で、故意に頼んだのではないかという気もした。

美沙子は和弥に結衣の男関係はなかったと報告したが、調査のための代金は取らないと不自然なので、格安にして払ってもらったと言った。

和弥の口数が少ないのが気になる。結衣も感づかれているのではないかという不安のため、やはり口が重くなった。

知り合ったころのような激しいキスもなかった。今では簡単な挨拶《あいさつ》程度のキスになっている。いつもとちがうのは、結衣の太腿を大きく開いた和弥がそこに顔を突っ込み、舌を動かすのではなく、じっと見つめていることだ。

結衣はわずかに尻をくねらせた。敏感な女の器官が視線になぶられている。あるかなしかの風に花びらや肉のマメを触れられているようだ。

「そんなに……見ないで」

脚を閉じようとしたが、和弥の躰が入っているので閉じられない。

「昔からこんなだったかな……」

不倫の痕跡が残っているのではないかと、結衣は緊張した。

「見てるだけでジュースが出てくる。触らなくても濡れてくるって、結衣はいやらしいのかな。前からこんなにいやらしかったかな」

和弥は息がかかるほど間近で秘部を見つめている。結衣は妖《あや》しい気持ちになった。飽きずに見つめている和弥のほうが猥褻だ。

言葉が途切れると、見つめられている時間がとてつもなく長く感じられる。また結衣は尻をもじつかせた。

「ねェ……どうしてそんなに見るのよ……いやらしいんだから」

ずり上がっていくと、無言のまま和弥もそれだけ動いてくる。

和弥が肉のマンジュウを破廉恥に大きくくつろげ直した。そして、ようやくピチョピチョと女の器官を舐めまわした。

久々の口戯の気がする。結衣は声を上げてのけぞった。見られていた時間が長いだけ、やけに敏感になっている。だが、和弥の動きはそれきりで、また秘密の器官を直視した。

「花びらが芋虫みたいにふくらんできたぞ。すぐぬるぬるになるんだな。後ろまでヒクヒクしてる。後ろってアヌスだけど」

「ばか……」

やはり今までの和弥とちがう……。

そう思ったとき、美沙子が和弥に指南したのではないかと思った。

川窪のやさしさやセックスに惹《ひ》かれてしまったのは、和弥との倦怠期のせいもあると美沙子に話した。ベッドで川窪にねっとりといやらしいことをされると新鮮で、やけに感じてしまったとも話した。

美沙子のことだ。倦怠期を乗り切るには、ベッドでこんなふうにしたら？　などと和弥に口添えしたのかもしれない。でなければ、急に和弥が変わるはずがない。それとも、和弥はやはり川窪のことに気づき、わずかな変化も見逃すまいとしているのだろうか。

「そんなに見られると、おかしくなるわ……変ね……何かされるより見られているほうが感じるなんて……今夜の和弥はもの凄くいやらしい目をしてるわ」

和弥をけしかけるように言ってみた。

「いやらしいのが好きか」

和弥の声が昂ぶっている。

「好きよ」

結衣も興奮した声で言った。

鼻からこぼれる和弥の息が荒々しくなった。

「これ、使うからな」

隠していた黒いバイブを見せられ、結衣の胸が激しく喘いだ。初めて見る肉茎の形をした猥褻な道具だ。ふたりの間ではいつもノーマルだった。過去の男達とも道具など使わなかった。

亀頭部分を舐めた和弥が、秘口に押し当て、捻るようにして沈めていった。

「あう……そんなもの使うなんて……くうう……いやらしい人……いやらしいんだから」

こんな猥褻な道具を使うなんて……と、結衣は思わぬ展開に昂ぶった。美沙子に入れ知恵されたのだと確信した。そして、こんな破廉恥な行為をされることで、やけに和弥に愛されている実感がした。

〈初出一覧〉

淫らな姦計　睦月影郎　『小説NON』二〇〇六年七月
おもてなしの感想は　西門京　『小説NON』二〇〇六年一月
純情な淫謀　長谷一樹　『小説NON』二〇〇六年六月
銀玉パラダイス　鷹澤フブキ　『小説NON』二〇〇六年一月
君に捧ぐツッコミ　橘真児　『小説NON』二〇〇六年二月
花嫁の父　皆月亨介　『小説NON』二〇〇五年九月
サクラチル　渡辺やよい　『小説NON』二〇〇六年二月
予期せぬ初夜　北山悦史　『小説NON』二〇〇六年六月
隙間　藍川京　『小説NON』二〇〇六年四月

祕本卍

一〇〇字書評

切り取り線

購買動機（新聞、雑誌名を記入するか、あるいは○をつけてください）

□（　　　　　　　　　　）の広告を見て
□（　　　　　　　　　　）の書評を見て
□ 知人のすすめで　□ タイトルに惹かれて
□ カバーがよかったから　□ 内容が面白そうだから
□ 好きな作家だから　□ 好きな分野の本だから

●本書で最も面白かった作品名をお書きください

●あなたのお好きな作家名をお書きください

●その他、ご要望がありましたらお書きください

住所	〒				
氏名		職業		年齢	
Eメール	※携帯には配信できません	新刊情報等のメール配信を 希望する・しない			

あなたにお願い

この本の感想を、編集部までお寄せいただけたらありがたく存じます。今後の企画の参考にさせていただきます。Eメールでも結構です。

いただいた「一〇〇字書評」は、新聞・雑誌等に紹介させていただくことがあります。その場合はお礼として特製図書カードを差し上げます。

前ページの原稿用紙に書評をお書きの上、切り取り、左記までお送り下さい。宛先の住所は不要です。

なお、ご記入いただいたお名前、ご住所等は、書評紹介の事前了解、謝礼のお届けのためだけに利用し、そのほかの目的のために利用することはありません。またそのデータを六カ月を超えて保管することもありませんので、ご安心ください。

〒一〇一－八七〇一
祥伝社文庫編集長　加藤　淳
〇三（三二六五）二〇八〇
bunko@shodensha.co.jp

祥伝社文庫

上質のエンターテインメントを！　珠玉のエスプリを！

祥伝社文庫は創刊15周年を迎える2000年を機に、ここに新たな宣言をいたします。いつの世にも変わらない価値観、つまり「豊かな心」「深い知恵」「大きな楽しみ」に満ちた作品を厳選し、次代を拓く書下ろし作品を大胆に起用し、読者の皆様の心に響く文庫を目指します。どうぞご意見、ご希望を編集部までお寄せくださるよう、お願いいたします。

2000年１月１日　　　　祥伝社文庫編集部

秘本卍《ひほんまんじ》　官能アンソロジー

平成18年７月30日　初版第１刷発行
平成22年１月15日　　第５刷発行

著者　睦月影郎《むつきかげろう》・西門京《さいもんけい》
長谷一樹《はせかずき》・鷹澤《たかざわ》フブキ
橘真児《たちばなしんじ》・皆月亨介《みなづきこうすけ》
渡辺《わたなべ》やよい・北山悦史《きたやまえつし》
藍川京《あいかわきょう》

発行者　竹内和芳
発行所　祥《しょう》伝《でん》社《しゃ》
東京都千代田区神田神保町3-6-5
九段尚学ビル　〒101-8701
☎ 03(3265)2081(販売部)
☎ 03(3265)2080(編集部)
☎ 03(3265)3622(業務部)
印刷所　図書印刷
製本所　図書印刷

ISBN4-396-33302-1　C0193
祥伝社のホームページ・http://www.shodensha.co.jp/

祥伝社文庫

睦月影郎
おんな曼陀羅《まんだら》

女体知らずの見習い御典医の結城玄馬。藩主の娘・咲耶姫の触診を命じられるものの、途方に暮れる…

睦月影郎
はじらい曼陀羅

若き藩医・玄馬の前に藩主の正室・賀《か》絵《え》の白い肌が。健康状態を知るためと言い聞かせ心の臓に耳をあてると…。

睦月影郎
ふしだら曼陀羅

恩ある主を失った摺物師藤介。主の未亡人が、夜毎、藤介の寝床へ。濃密な手解きに、思わず藤介は…。

睦月影郎
あやかし絵巻

旗本次男坊・巽孝二郎が出会った娘・白粉小町の言葉通りに行動すると、欲望が現実に…。小町の素顔とは？

睦月影郎
うたかた絵巻

医者志願の竜介が救った美少女お美和には不思議な力が。竜介は思いもしない淫らで奇妙な体験を……

睦月影郎
うれどき絵巻

義姉の呻き声を聞きつけた重五は、ぎょっとした。病身のはずの正恵が寝間着の胸元をはだけていたのだ…。

祥伝社文庫

牧村僚ほか **秘戯 めまい**

牧村僚・東山都・藍川京・雨宮慶・みなみまき・鳥居深雪・内藤みか・睦月影郎・子母澤類・館淳一

館淳一ほか **禁本 ほてり**

藍川京・牧村僚・館淳一・みなみまき・睦月影郎・内藤みか・子母澤類・北原双治・櫻木充・鳥居深雪

藍川京ほか **秘本 あえぎ**

藍川京・牧村僚・安達瑶・北山悦史・内藤みか・みなみまき・睦月影郎・豊平敦・森奈津子

睦月影郎ほか **秘本 X《エックス》**

藍川京・睦月影郎・鳥居深雪・みなみまき・長谷一樹・森奈津子・北山悦史・田中雅美・牧村僚

藍川京ほか **秘戯 うずき**

藍川京・井出嬢治・雨宮慶・鳥居深雪・みなみまき・睦月影郎・森奈津子・長谷一樹・櫻木充

雨宮慶ほか **秘本 Y**

雨宮慶・藤沢ルイ・井出嬢治・内藤みか・櫻木充・北原双治・次野薫平・渡辺やよい・堂本烈・長谷一樹